☆ JAN PLATA ☆

O CHAMADO DOS PIRATAS

JOSEP L. BADAL

Ilustrações de Jordi Lafebre

Tradução de LUIS REYES GIL
Texto final de MONICA STAHEL

wmf **martinsfontes**

SÃO PAULO 2014

Esta obra foi publicada originalmente em catalão com o título
LES AVENTURES DE JAN PLATA. EL MISTERI DELS PIRATES (book 1)
por La Galera Editorial
Copyright © Josep Luís Badal, 2013, para o texto
Copyright © Jordi Lafebre, 2013, para as ilustrações

Todos os direitos reservados.

Copyright © 2014, Editora WMF Martins Fontes Ltda.,
São Paulo, para a presente edição.

1ª edição 2014

Tradução
LUIS REYES GIL

Texto final
Monica Stahel
Acompanhamento editorial
Luzia Aparecida dos Santos
Revisões gráficas
Renato da Rocha Carlos
Solange Martins
Edição de arte
Katia Harumi Terasaka
Produção gráfica
Geraldo Alves
Paginação
Studio 3 Desenvolvimento Editorial

Dados Internacionais de Catalogação na Publicação (CIP)
(Câmara Brasileira do Livro, SP, Brasil)

Badal, Josep L.
  Jan Plata : o chamado dos piratas / Josep L. Badal ; ilustrações de Jordi Lafebre ; tradução de Luis Reyes Gil ; texto final de Monica Stahel. – São Paulo : Editora WMF Martins Fontes, 2014.

  Título original: Les aventures de Jan Plata : el misteri dels piratas.
  ISBN 978-85-7827-867-0

  1. Ficção – Literatura infantojuvenil I. Lafebre, Jordi. II. Stahel, Monica. III. Título.

14-06085   CDD-028.5

Índices para catálogo sistemático:
1. Ficção : Literatura infantojuvenil   028.5
2. Ficção : Literatura juvenil   028.5

Todos os direitos desta edição reservados à
Editora WMF Martins Fontes Ltda.
Rua Prof. Laerte Ramos de Carvalho, 133 01325.030 São Paulo SP Brasil
Tel. (11) 3293.8150 Fax (11) 3101.1042
e-mail: info@wmfmartinsfontes.com.br http://www.wmfmartinsfontes.com.br

Sumário

Capítulo I. O mar. O órfão. O sino   11

Capítulo II. O marinheiro de sal. A chegada   23

Capítulo III. A prova de paternidade. Pedaço de Sabre   43

Capítulo IV. Mais desafios. Mais surpresas. Cara-cortada   59

Capítulo V. O mar. Descobertas. A mãe   75

Capítulo VI. Luzes da noite   87

Capítulo VII. Partida. Conhecendo gente. Os autômatos   105

Capítulo VIII. Conhecendo mais gente. O treinamento. Thalos   121

Capítulo IX. Combate. Leonardo. Desaparecimentos   141

Capítulo X. "Não confie na luz da noite"   149

Capítulo XI. A explosão. No fundo do mar. A cabine   161

Capítulo XII. O dia seguinte. Caminhos. O mar   175

*Ao Pau e à Laia.
A todos os Jan Plata do mundo.*

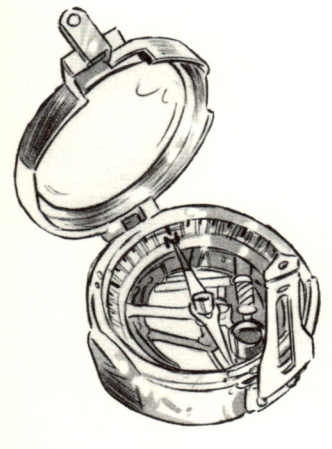

A maior felicidade de um ser humano
é dizer "sim" aos presentes do dia.

PÍNDARO, *Olímpica I*

CAPÍTULO I

O mar. O órfão. O sino.

Quem somos? O que vai acontecer conosco amanhã? E daqui a um ano?

Ninguém sabe ao certo as respostas a essas perguntas simples. Sabemos como é a flor hoje, mas e daqui a três dias? Talvez ela continue na árvore como uma pequena chama branca ou talvez tenha caído no chão confundindo-se com o grande rio de lama. Talvez tenha se tornado uma fruta dourada ou talvez, levada pelo vento como uma pequena gaivota, tenha voado mar adentro...

Essa é a história de Jan Plata. Era menino ainda, mas aprendeu que, cada vez que o sol aparece, o mundo pode se converter numa nova maravilha, recém-acabada, como um pão tirado do forno.

Era o primeiro dia de primavera do ano dois mil e... O sol estava se pondo, e Jan Plata, de frente para o mar, fazia a si mesmo perguntas que não tinham resposta: "Que nuvens mais bonitas... Para onde será que elas vão?"

Logo escureceria de vez. A lua, parecendo uma âncora, atravessava o céu. Ao lado dela brilhavam Vênus e Júpiter. Jan Plata olhava o horizonte, que logo desapareceria. Imaginava que algum dia chegaria um barco a vela, uma pequena lancha a motor ou uma balsa de náufrago. Que dela desceria um homem, sorrindo, que o abraçaria e diria: "Olá, sou seu pai! Desculpe-me por ter demorado tanto!" Não precisava ser um homem alto ou forte, nem mesmo divertido. Podia até ser barrigudo e desengoçado, bastava que fosse seu pai, e ficasse morando com eles.

Jan Plata vivia com a mãe numa casinha que tinha sido de pescadores. Situada fora do povoado, num morrinho de pedra, com pinheiros e agaves, a casinha olhava para o mar. Era branca, com janelas pintadas de azul e, no alto dela, alguém construíra uma pequena torre. Dentro da torre cabia uma só pessoa, agachada, e dava para contemplar a lonjura do mar. Talvez fosse uma torrinha de vigia do século em que havia ataques de piratas no pequeno povoado. Ainda conservava um sino, um sino intrigante, dourado, muito bem cuidado pela mãe de Jan Plata e que ele estava proibido de tocar.

– Por que não posso tocar o sino? – perguntava às vezes o menino.

A mãe sempre respondia: – Quando chegar a hora, você vai saber – o que era uma maneira de não responder.

Às tardes, sentado na praia, Jan sonhava. Sentia um vazio no meio do peito. Quando a lua aparecia, aquele vazio ficava mais doído e se enchia de uma melancolia estranha. Então, Jan se deixava levar pela imaginação, pela música silenciosa que emana do mar e dos meninos solitários, e pelas perguntas sem resposta.

Quando se sentia assim, não suportava ter ninguém por perto. Só o velho Nestor.

O velho marinheiro ia se aproximando quando a melancolia de Jan Plata se tornava tão dolorida que as gaivotas se afastavam do menino. O homem sentava ao lado dele em silêncio, acendia seu cachimbo, azul como o lombo de uma baleia, e começava a falar como se estivesse sozinho. Sempre falava de coisas do mar: navios e capitães, viagens e naufrágios, animais

magníficos e tempestades, traições e atos heroicos. Contava tudo com tantos detalhes que um dia Jan abriu bem os olhos, apontou para o horizonte e disse:

– Vovô Nestor, ali, no horizonte! Uma escuna! – e, fechando um olho, emendou: – Do século XVIII, eu diria.

Aquele menino, que em sonhos era um pequeno marinheiro, adorava tudo o que tivesse a ver com o mar.

O velho tirou o cachimbo da boca, sorriu e disse:

– Você tem muita imaginação, polvinho... Vai ver que era uma nuvem. Ou quem sabe...

– Ah, mas olhe! Agora está içando velas!

O velho voltou a acender o cachimbo, que apagava a toda hora.

– Pif, pif... Pode ser que logo, logo, você veja uma escuna de verdade, e isso que você viu tenha sido só um aviso...

Naquela primeira noite de primavera, o velho Nestor também apareceu.

– Para onde será que vão as nuvens, vovô Nestor? – o homem sorria com o cachimbo cor de baleia na boca. – Vovô Nestor, o meu pai... você o conheceu? Às vezes eu me pergunto se ele já não está morto...

Ouviu-se um esguicho forte na água, como se um peixe tivesse saltado, e uma risada infantil.

– Vovô! O que foi isso...?

Mas o velho já havia levantado.

– Vamos, sirizinho! Eu poderia lhe dar alguma resposta, mas prefiro que você não me faça perguntas. Agora vou acender o cachimbo pequeno, o da noite. E isso quer dizer que você tem que ir jantar, você já sabe.

– Mas vovô...

– Pif, pif! – respondeu o cachimbo do velho.

Durante uns segundos ainda, o velho Nestor ficou com dois cachimbos na boca, o do dia e o da noite: era a hora do crepúsculo.

Jan Plata observava a enorme cicatriz que o avô tinha na testa, mas sabia que não devia perguntar mais nada. A lua embranquecera, parecia uma deusa no meio de um lago azul. Sobre o mar, seu reflexo se transformava num caminho prateado e incerto. Vênus e Júpiter entreolhavam-se e brilhavam cada vez mais. Pareciam imóveis, mas na realidade se moviam a grande velocidade pelo espaço. Para onde será que iam?

A mãe de Jan cantava tão bem que o telhado da casa se enchia de gaivotas, que vinham ouvi-la. Nenhuma delas fazia barulho, e, o que era mais interessante, nenhuma deixava seus excrementos no telhado. De vez em quando, alguma delas levantava voo e voltava depois de um tempinho, com o ventre mais vazio.

Às vezes Jan acabava dormindo em cima da lição de casa, ouvindo sua mãe cantar na cozinha. A voz dela era doce como leite com mel, e parecia capaz de atravessar qualquer objeto,

como um golfinho atravessa uma onda. Muitas vezes vinham buscá-la para ela acalmar a insônia de algum doente ou as últimas horas de um moribundo. Ela cantava numa língua estrangeira que ninguém nunca tinha sido capaz de reconhecer, e com melodias que tinham a virtude de fazer quem as ouvia reviver os melhores momentos da vida. Quando ao cantar ela olhava para baixo, quem ouvia a canção relembrava o passado. Quando olhava para cima, quem ouvia vivia por antecipação os momentos de alegria que tinha pela frente.

O nome dela era Amina; cantava onde quer que lhe pedissem, e nunca cobrava um centavo. Em troca pedia apenas um copinho de água com uma gota de limão e um pouco de sal. "Isso me faz lembrar o mar do país onde eu nasci", ela explicava, "e me faz cantar melhor."

Tinha a pele muito clara, os cabelos tão pretos que ao sol pareciam azuis, e os olhos mais intrigantes do mundo – azul-marinho e verde-esmeralda, com nuances de coral-rosado – e que não deixavam escapar nada.

Só tinha três vícios: lulas à romana, acordar bem tarde aos domingos e sair de casa à meia-noite quando era lua cheia. Então, ia nadar um pouco, fosse inverno ou verão.

Às vezes era acompanhada pela senhorita Svetlana, uma professora magrinha, alta e de movimentos suaves, que dava aulas de Meio Ambiente na Escola Galateia, a única do povoado. Não se parecia em nada com a mãe, a não ser na cor dos olhos. Só que os da senhorita Svetlana tinham nuances violetas em vez de rosadas. As duas riam muito quando estavam juntas e, na frente das outras pessoas, falavam sempre baixinho, como os amigos de infância ou como quem compartilha um segredo antigo.

Naquela tarde de primavera, a senhorita Svetlana estava saindo da casinha quando Jan chegou com o velho Nestor.

– Até mais, vovô Nestor – disse a professora, quase sem mexer os lábios.

– Pif-pif! – sorriu o cachimbo do velho. Soltou uma nuvenzinha que, olhando bem, talvez tivesse forma de peixe.

A professora tinha ido pedir ajuda à mãe de Jan para a Festa da Primavera da escola. A mãe trabalhava numa oficina de costura e com certeza ajudaria a bordar algumas das pren-

das para o concurso de pais. Era costume naquele dia promover bailes, brincadeiras, atividades para as crianças e um concurso para os pais.

O concurso era uma tradição antiga, dos tempos em que o povoado tinha apenas pescadores e camponeses. Uma vez por ano eles se reuniam e testavam sua força, sua valentia e suas habilidades.

Depois vinham o almoço, o baile, algum namoro e, às vezes, também alguma briga.

Enquanto arrumava a mesa, Jan, que já sabia a resposta que receberia, perguntou:

— Este ano, será que "ele" virá? Para o concurso de pais?

— Mas, meu filho, como é que você quer que ele venha? — disse a mãe, bruscamente.

Jan suspirou e olhou pela janela. A noite estava escura, e a lua parecia se afastar da terra. Um guardanapo caiu da mão do menino: ploc!, fez a argola de madeira.

A mãe passou a mão nos cabelos dele.

— Seu pai não virá para o concurso, Jan, você já sabe disso. Sinto muito. Algum dia... o seu pai...

— Quando é que você vai me contar? Só quero que você me diga se ele está morto ou não... Ou se vocês se separaram!

A mãe também olhou pela janela. Mas olhava para baixo, para o mar, para os faróis dos barcos noturnos. Aquelas luzinhas indicavam que, no meio da escuridão líquida, havia homens frágeis trabalhando.

— Espero que seja logo — murmurou a mulher.

"Logo!": era a palavra que Jan Plata mais odiava. E a que ouvia mais vezes. Porque "logo" queria dizer "ainda não", e fazia anos que ele esperava que aquele "logo" chegasse. Fugiu pela escadinha de pedra que subia até a torrinha. A mãe foi atrás.

– Jan! Se o seu pai pudesse... Ele sente tanta falta de você quanto você dele!

– Ah, não diga mais nada, mãe, por favor! Chega!

Subiu até o topo, com as bochechas queimando. Era uma noite tranquila, e o mar sussurrava docemente sobre a areia. Depositava nela conchinhas que talvez ninguém nunca fosse ver e que se desmanchariam com os anos, as ondas e o esquecimento. Algumas haviam pertencido a moluscos muito orgulhosos das suas cores e da sua força.

– Pai! – gemeu Jan Plata.

Uma brisa suave fez tremer o sino. A mãe o proibira de tocá-lo. Também o fizera prometer que, se alguma vez se visse em situação de perigo sério (mas sério de verdade), ele faria o sino soar bem forte. Zangado, Jan puxou a corda, ressequida pelo sol e pela salinidade do ar.

– Pai... – ele suspirou.

"Blém!", fez o sino.

Jan Plata desatou a chorar. Sentia-se estúpido. O que lhe doía não era o concurso de pais da escola. Eram as horas de solidão que havia passado na praia pensando naquela ausência.

Enxugou os olhos. Não queria que a mãe o visse e achasse que ela não estava conseguindo criar o filho direito.

– Pai, venha.

Do alto-mar, pareceu chegar o som distante de um sino de sinais. Quatro repiques atravessavam a escuridão: talvez estivessem alertando alguém sobre algum recife, ou estivessem respondendo: "já-vou, já-vou!" Mas o que se pode saber...

Aquela noite, com certeza, Jan teria o mesmo sonho estranho que se repetia desde quando alcançava sua memória: uma tempestade, a escuridão, uma batalha feroz que podia ser ouvida de longe, um ofegar angustiado e, de repente, uma luz. Um pequeno ponto de luz branca que convida a ir até ele, que conforta, que salva, que poderia salvar a humanidade inteira, e que vai crescendo alegre.

A mãe cantava, o mar cantava, e Jan adormecia. Já havia passado o primeiro dia de primavera e logo floresceria um novo dia no horizonte. Algumas nuvens cruzavam o céu, invisíveis. Para onde iam?

Iam sempre para casa, porque a casa delas é o mundo inteiro.

CAPÍTULO II

O marinheiro de sal.
A chegada

Se no quarto de Jan Plata havia coleções de figurinhas de navios, histórias de navegação, dos grandes exploradores, dos grandes piratas, e tratados de geografia e animais marinhos, na sala havia uma enorme âncora de escuna, que presidia a casa como uma imperatriz. Era da altura de Jan, e ele gostava de passar a mão de leve por seus amassados e arranhões.

Perguntava-se em quantos fundos de mar aqueles caninos de ferro já teriam se cravado. Quantas noites aquela âncora havia mantido preso um navio, fincada entre rochas e animais extraordinários. Se já teria salvado a vida de uma tripulação ou teria topado, numa de suas descidas, com a cabeça de um cachalote.

Às vezes, aquele menino meditativo e obstinado se perguntava se aquela âncora não era o que o ligava àquela casa para sempre, afastado do seu pai e sem que nada mudasse nunca. Nunca.

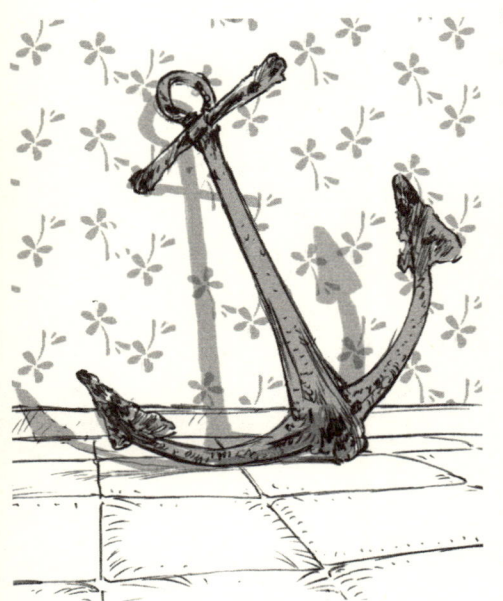

Mas, por outro lado, que péssimo marinheiro ele teria sido! Com seu corpo mais para magro, sem ser especialmente alto e dotado de uma força bastante discreta, dava--se melhor nos estudos do que nos esportes. E nunca brigava, porque, quando alguém o empurrava, caía no chão estrepitosamente e não levantava mais, com o tornozelo inchado ou o nariz sangrando. Um dia até quebrou um braço.

Não era bom nem em futebol! Jogava sempre como goleiro e, quando a bola vinha muito forte, saía de lado. Às vezes os do outro time se divertiam chutando a bola em cima dele de propósito: era o jeito mais seguro de marcar, diziam. E talvez tivessem razão, pensava Jan.

Na escola tinha alguns amigos: uma menina dois anos mais nova, muito tímida, que o procurava para que ele lhe contasse histórias de marinheiros. Chamava-se Ariadna e olhava-o como se ele fosse capitão de navio pirata! Havia um garotinho da classe com quem às vezes percorria um trecho do caminho. E uma das cozinheiras, que o olhava com ternura: achava-o mais magrinho que os outros e enchia tanto os pratos dele que o almoço se tornava interminável.

A senhorita Svetlana também gostava dele. Mas era uma mulher distante e, se um dia o abraçava porque ele estava chorando, no dia seguinte nem olhava para a cara dele. Com certeza temia que os outros alunos vissem Jan como queridinho dos professores.

Em compensação, o professor de Educação Física o odiava, Jan tinha certeza disso. Era um homem extraordinariamente alto e atlético, de rosto amorenado e olhos pequeninos, que brilhavam como duas moedas de cobre novas. Quando estava tranquilo, mancava um pouco. Mas isso não o impedia de correr mais do que ninguém, de subir com facilidade por qualquer corda, fazer arremessos espetaculares quando jogava basquete (Jan sempre acabava derrubado no chão) ou, carregando um aluno debaixo do braço (que geralmente era Jan), subir no grande lodoeiro que havia no meio do pátio da escola e deixar o garoto de castigo lá em cima, agarrado a um galho, com cara de terror. Fazia-se chamar de professor Gaddali, e, se tinha outro nome menos estranho, ninguém sabia. Alguns alunos garantiam que tinha sido jogador profissional de basquete; outros diziam tê-lo visto numa final mundial de boxe (de pesos pesados, é claro).

Além disso, tinha um hábito estranho. No primeiro dia depois das férias de verão ou do Natal, corria até Jan Plata. Pegava bruscamente o braço direito dele e arregaçava a manga de sua roupa, sem nem olhar para ele. Virava o braço dele de um jeito dolorido, comprovava alguma coisa, e de repente bufava e ia embora.

– Ora bolas! – ele dizia. – Continua magricela como sempre. Bah! Esse trimestre também não vou poder aprovar você! Vamos, vamos! Suma daqui!

Quando a professora Svetlana via isso, chamava o professor Gaddali num canto. Ficavam ali conversando por um tempo, com gestos contidos, o professor muito vermelho e a senhorita Svetlana muito pálida, quase azulada. Encaravam-se por um minuto. Então, silenciosamente, voltavam às suas aulas. Naquelas horas tensas, ninguém nem respirava.

Nem Joan Llobet.

Há sempre alguém que nos odeia: por nada, sem motivo, pelo incompreensível prazer de odiar. Joan Llobet odiava Jan Plata.

– Não gosto do seu nome – disse para ele já no primeiro dia de aula.

Na verdade, ele não gostava era que Jan existisse. Joan Llobet era um rapaz alto, robusto e forte (que marinheiro teria dado!), o que tornava tudo mais difícil. Evidentemente, era o melhor aluno de Educação Física.

Era capaz de roubar o lanche dele todo dia, de dar uma cotovelada na escultura de argila que faziam na aula de Trabalhos Manuais (Jan costumava modelar âncoras, navios ou cachalotes) ou de chutar o joelho de Jan "sem querer", mesmo que a bola estivesse rolando do outro lado do campo.

Um dia Jan resolveu enfrentá-lo. Llobet tinha jogado a mochila dele pela janela. A mochila foi parar no meio da rua, e um caminhão de lixo passou por cima dela com a roda da frente e depois com a de trás.

– Seu estúpido! – enfureceu-se Jan.

Mas Llobet levantou-o do chão, dobrou-o como se fosse uma folha de papel e enfiou-o na lixeira de metal do corredor.

Jan chorava de raiva. A pequena Ariadna, num canto, olhava a cena cobrindo a boca com a mão.

Em compensação, Carol Roseda ria como louca. E isso era o mais doloroso: Carol Roseda era linda como uma fada, risonha como um golfinho e encantadora como um amendoeiro florido.

Jan Plata perdia o fôlego quando ela o olhava. Mas ela voltava todas as atenções para Joan Llobet. Ria todas as vezes que ele acertava um tapa em Jan Plata e ajudava-o a colocar-lhe apelidos, como "manjubinha frita", "baba de lula" ou "pum de ostra".

No dia da mochila, enquanto Jan tentava sair da lixeira, eles o chamavam de "salmão bobão". Um outro dia, Jan inventou que era filho de um marinheiro que estava sempre navegando. Llobet e Roseda riam: agora nem o pai ia tirá-lo da lixeira, pois ele era uma truta viajante... ou congelada!

Na saída da escola foi pior ainda. Jan ameaçara reclamar com a diretora. O pai de Llobet encurralou Jan numa esquina. Levantou-o do chão pelo pescoço, colocou a boca bem perto do rosto dele (uma boca com fedor de cerveja e *ketchup*) e disse:

– Seu pirralho, se você não deixar meu filho em paz vou quebrar suas duas pernas. Primeiro pelos joelhos e depois pelos tornozelos! – e soltou um arroto com cheiro de cebola.

Era um homem rude e grandalhão, e seus músculos saltavam dos braços como se fossem salsichas.

Jan teve força suficiente para segurar as lágrimas até chegar perto da praia. A pequena Ariadna seguia alguns passos atrás dele.

– Vá embora! – zangou-se Jan. Estava envergonhado.

A menina ficou quieta. Mordendo o lábio inferior.

– Eles são uns tontos! – ela gritou, finalmente, com voz de passarinho.

Jan sorriu.

– Vá para casa, Ariadna. Eu... Amanhã vou lhe trazer um livro... Tchau!

A menina virou as costas e foi embora. Ia puxando a trancinha: era novinha demais para entender o mundo! Depois de alguns passos, sorriu. Tinha ouvido Jan Plata, já longe, gritar:

— Ariadna! Obrigado, Ariadna! Vou trazer um livro muito bonito para você! *A Ilha do Tesouro*!

Três gaivotas olhavam tudo lá do céu. E, se é que gaivota sabe sorrir, as três sorriram ao ver aquela menina de tranças, voltando para casa saltitante.

"Tudo bem, podem rir, gaivotas", suspirava Jan Plata. "Minha mãe costura lenços, meu pai talvez esteja viajando ou então já morreu ou está preso por ter aplicado algum golpe numa velhinha ingênua e eu nunca vou vê-lo. Sou um marinheiro de sal, que nunca vai sair de casa porque senão vai desmanchar na água. Vou bordar lenços com âncoras, como minha mãe!"

Acima dele, duas nuvens se juntaram e ficaram mais densas, como se estivessem preocupadas: como poderia estar tão zangado um garoto tão novinho, que ainda tinha tantas manhãs para estrear na vida?

Na segunda manhã daquela primavera, Jan Plata olhava, portanto, a enorme âncora da sua casa e tremia. Odiava o dia da festa.

— Não quero ir para a escola, mãe. Não estou me sentindo bem.

Mas a mãe já conhecia aquela conversa. Obrigou-o a comer o sanduíche de atum e a tomar o leite. Enfiou embaixo do braço dele duas bandeirolas que ele havia pintado para o baile e empurrou-o para a rua.

– Vá! Quando terminar meu trabalho também apareço lá!

Já estava fechando a porta, mas pensou melhor. Abraçou o filho, deu-lhe dois beijos e disse:

– Vá lá. Divirta-se. As coisas não são tão terríveis assim! Se você soubesse como é o mundo!

Jan Plata contraiu os músculos do rosto e deu um sorriso forçado, para deixar a mãe feliz, e porque achava que já sabia como era o mundo.

Na escola a música já estava tocando. Serpentinas, bandeirinhas, bancas com guloseimas, barracas, algumas fantasias de época que os professores estavam usando... tudo brilhava sob o sol e transformava o pátio numa caixa de lápis de cor. Vermelhos, azuis, verdes e amarelos misturavam-se e giravam em volta dos jogos, danças, espetáculos e de um ou outro saltimbanco...

Uma mulher muito gorda, de vestido roxo e sombrinha verde-clorofila, havia maquiado o rosto bem amarelo, como se fosse o sol. Às suas costas, um menino pequeno distribuía balinhas que trazia num cesto. Por cima de tudo, pairava um cheiro de açúcar torrado, carne na brasa e peixe frito, que alegrava os que aguardavam a hora do almoço.

Um microfone anunciava as atrações, as chocolatadas, as bancas de livros usados e de artesanato, as brincadeiras tradicionais. Era a voz do senhor Tomás Popper, presidente da Associação de Pais e Mães da escola. Quando jovem, ele tinha

trabalhado na rádio e agora queria mostrar sua experiência ao microfone. O resultado não era lá muito satisfatório, mas ele estava feliz:

– E agora, meus caros ouvintes da Escola Galateia... – ouvia-se pelos alto-falantes, uma voz um pouco aguda e anasalada demais –, temos o prazer de comunicar que daqui a dois minutos vai começar a corrida dos pais... perdão! Estão me dizendo aqui que não é isso, o que vai começar agora é o concurso de doces; portanto, vamos todos para o ginásio... Pois não? Ah, um momento!, não é para o ginásio, não! Eu queria dizer vamos para o pátio central, isso mesmo! Todos então para o ginásio! Perdão! Vamos todos fazer os doces, que coisa...! Sim, no ginásio! Para a corrida...? ... Não, não! Bem, pessoal, hoje é dia de festa! Divirtam-se, amigos, e não deem muita atenção para o que eu digo... Para o pátio de trás, então, acho! Vamos lá, vamos experimentar os doces!

Jan Plata tentava passar despercebido entre as pessoas. Evitava a senhorita Svetlana, que com certeza perguntaria se ele estava gostando da festa. Evitava o professor Gaddali, evitava Joan Llobet, evitava Carol Roseda, evitava o pai Llobet, evitava todo o mundo que olhasse para ele...

Quando deu meio-dia, o senhor Popper proclamou, ao microfone:

– É meio-dia, gente! Senhoras e senhores, bom meio-dia, he, he, he! Chegou a hora que todos esperavam, he, he, he...! O grande concurso de sacos! Ah não, perdão! Estão me dizendo aqui que é o concurso..., sim? O Grande Concurso, é claro!

Onde é que estou com a cabeça, gente! Senhoras e senhores, venham inscrever-se! Aqui mesmo, na mesa dos microfones! Não é uma coincidência? Então, é o que eu estava dizendo, não? E, então, o que estamos esperando? Ah, sim, estou vendo, já está todo o mundo em fila aqui na frente, vejam só que coisa boa! Não é engraçado? He, he... É que eu esqueci os óculos na mesinha de cabeceira. Bem, agora aqui com vocês eu, Tomás Popper, para servi-los. Vamos começar! Quem quer se inscrever primeiro?

Então, pelo microfone, ouviu-se:

– Pere Querol, pai de Maria Helena Querol! Vendedor de carros e ex-jogador de hóquei sobre grama! Vice-campeão olímpico duas vezes!

"Oh!", ouvia-se o público. "Vice-campeão olímpico!"

E, um nome após o outro, os pais iam se inscrevendo para o concurso.

Dali a pouco o senhor Popper também anunciou, à sua maneira, o concurso para as mães: o primeiro mergulho do ano, na água ainda muito fria do mar.

Uma corrida de um quilômetro e meio, que seria realizada naquela mesma tarde.

Jan Plata, que ouvia entediado os nomes dos pais, pensou em convencer a mãe a participar da corrida. Ela gostava tanto de nadar! Talvez até ganhasse, sorriu Jan.

– Rubem Llobet, pai de Joan Llobet! Operador de escavadoras, ex-boxeador, faixa preta de *taekwondo*, de *jiu-jitsu*, e treinador de *kickboxing*!

"Oh!", repetia o público, admirado. "Esse é um dos favoritos!"

– É o que estão ouvindo! – aclamava o senhor Popper. – Nada menos do que um campeão de quipóxe!

– Com licença! – o senhor Llobet pegou o microfone. – O que eu disse foi *kickboxing*!

– Pois é o que estou dizendo, he, he, he...! Treinador mundial e poliesportivo de *king kongoxe*! Tinha me enganado, he...!

– Pelo amor de Deus...

E iam se sucedendo os nomes dos pais e suas profissões.

– Jordi Mata, pai da Marta Mata, mestre em charcutaria, ex-jogador de futebol, de futebol de salão, e de luta greco-romana!

– Oh!

– Sensacional! – acrescentou o senhor Popper. – Um jogador de futebol especialista em lulas à romana... Como? Perdão? Ah, sim, é claro! Estão me corrigindo aqui... jogador do time de futebol da Vila Romana, muito bem! Já temos outro favorito, portanto! He, he, he!

– Arnau Xarxanegra! Pai de Oriol Xarxanegra! Farmacêutico, fisiculturista e halterofilista! Ah, e ator!

"Oh!" "Eu o vi no musical do ano passado!" "No papel de Cogumelo?" "Não, acho que ele era o Diabo!" "Ah! Muito bom, muito bom!"

– Aureli Comes, pai da Toia Comes! Escalador profissional! De montanha!

Etcétera.

Jan Plata queria voltar para casa. Os alto-falantes lhe apresentavam nomes e profissões de pais sensacionais. E ele não tinha pai...

Foi se dirigindo discretamente para a saída. O senhor Popper ainda gritava.

– Muito bem, senhoras e senhores! Então, se não há mais inscrições... fica encerrada a lista! Vamos dar início à septuagésima segunda edição do concurso de...

– UM MOMENTO! – ouviu-se. Era uma voz poderosa, que se sobrepôs à música e ao microfone. – Está faltando um pai! O senhor ainda não fez minha inscrição!

Todos olharam para a mesa do senhor Popper. Ouviu-se um pequeno rumor de sons metálicos, correntes, guisos, fivelas, moedas... Um homem alto, mais para magro, com o rosto muito bronzeado, cabelos e barba compridos e terminando em pequenas tranças aproximou-se do microfone. Seus olhos eram tão intensamente pretos e brilhavam tanto que as pessoas desviavam a vista para não encará-los. Apenas o pai Llobet deu um passo à frente, como se a presença do recém-chegado o ofendesse profundamente.

Os que estavam na mesa ficaram boquiabertos. O homem que se aproximava estava vestido de pirata! Mas não era uma simples fantasia de carnaval. O couro, a roupa, os brincos feitos de presas de algum animal marinho (tubarão branco, com certeza), as botas gastas... até mesmo a pistola, os dois punhais e o sabre enorme, todos os objetos eram tão reais, gastos e pesados, que se tinha a impressão perfeita de que um pirata ti-

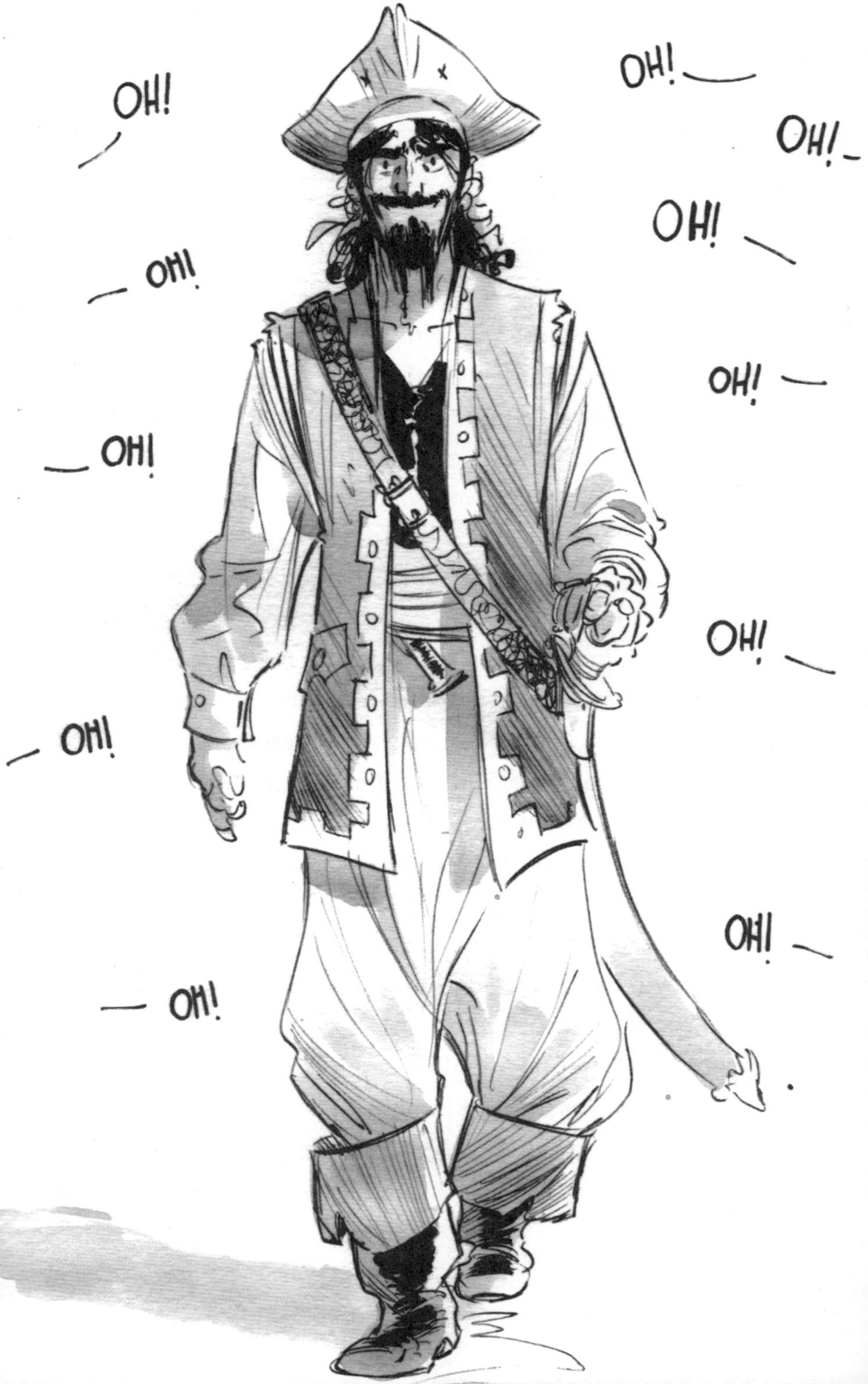
OH!
OH!
OH!
OH!
OH!
OH!
OH!
OH!
OH!
OH!
OH!

vesse saltado de duzentos anos atrás para aparecer no pátio da Escola Galateia.

Jan Plata ficou muito curioso. Que fantasia genial! E aquele homem... era parecidíssimo com alguém, alguém que ele havia visto em algum lugar. Mas onde? Num desenho? Num livro?

Ou quem sabe num filme. Aquele senhor era pai de quem? O menino se pôs na ponta do pé, como se assim pudesse ouvir melhor os alto-falantes.

O senhor Popper estava emocionado:

– Oh, meus caros senhores e senhoras... Que surpresa! Ainda faltava um pai, aqui, no ginásio poliesportivo... Ahn? Ah, sim, perdão! Aqui no pátio da Escola Poliesportiva... Que cabeça a minha! Quer dizer, da Escola Galateia. Puxa, senhor Pirata... he, he, he! Que bela fantasia! Sim, parabéns!

– Obrigado. Mas vamos lá – ressoou a voz do pirata.

– Nome? Bom, desculpe, quer dizer... Seu nome?

– Joan Plata, é claro! Faz 235 anos que todos os homens da minha família têm esse nome, Joan Plata!

Jan Plata estremeceu inteiro. O pirata, no entanto, prosseguiu:

– Isso, Joan Plata... Mas, espere um pouco! Pode me chamar de Pedaço de... Não! É melhor não... Coloque outro nome, por favor. Não quero que... sim, coloque Smith, John Smith! Ah, não, esse nome já apareceu em filmes, não serve. Coloque Robert... Robert Louis Stevenson, isso!

– Ah... he, he, he! Como é bem-humorado! – disse o senhor Popper, desconcertado. – Mas, senhor, esse nome já existe!

– E daí! Também já vi um bacalhau que tinha a mesma cara que o senhor, e para mim isso não quer dizer nada.

– Ops...? Senhor...

Mas o olhar de aço daquele pirata estapafúrdio havia congelado o senhor Popper. Jan Plata fazia a maior força para chegar perto, porque as pessoas já se apinhavam em volta do espetáculo. O estranho personagem continuou:

– Não tem problema, homem! Escreva o sobrenome que quiser e vamos lá!

– Ahn... Kekiser, o senhor disse? Está bem, está bem, senhor "Kekiser". E o... o nome?

– Joan!

– Joan?

– Joan!

– Ahn... Joan Kekiser?

– Isso, e agora já tem tudo o que é necessário, meu bom homem: uma boa cara de bacalhau, esse seu desajeitamento completo e um nome: Joan Kekiser. Anote também:

"Pai de Jan Plata!".

"Oh!", ouviu-se no pátio. O pirata acrescentou:

– Exatamente, pai de Jan Plata, que, por certo, tem o mesmo nome que eu – mas o senhor Popper preferiu não ouvir essa última frase. – E a profissão... bem, como o senhor vê, pirata!

O senhor Popper tinha escrito "Joan Kekiser, pai de Jan Plata", mas agora estava novamente como que paralisado.

– Vamos, marinheiro, anote aí!

– Epa, eu não sou marinheiro, sou informático! – protestou o senhor Popper.

– Tudo bem, ninguém é perfeito, amigo. Fazer o quê, não? – e acrescentou: – E vamos começar o concurso!

Jan Plata, que ainda não conseguira ver de perto aquele homem que afirmava ser seu pai, coçou a cabeça. Sentia cócegas no estômago, e seus joelhos tremiam.

Seria alguma brincadeira? De repente, levou um empurrão violento.

– Plata! O que está fazendo aqui? – era o professor Gaddali. Estava com o rosto pálido e os lábios cinzentos. Dava para notar que ele estava sob grande tensão interior. Seus olhos davam medo, e a pele do pescoço lhe tremia de vez em quando. – É bom voltar para casa, menino, acredite. Daqui a pouco a coisa aqui vai ficar bem feia. Chegou um louco, como você pode ver, que está usando o seu nome. Quem pode saber o que deu na cabeça desse animal. Vamos, menino, já para casa, é uma ordem!

Jan Plata afastou-se alguns passos. Mas não tinha intenção de ir embora. Respirou fundo. Entre os cheiros das comidas e das guloseimas, o ar trazia um aroma muito semelhante ao da primavera. Era de esperança.

O menino correu ao encontro daquele personagem fantástico. Sentia que seu pai havia chegado.

E que nada mais seria como antes.

CAPÍTULO III

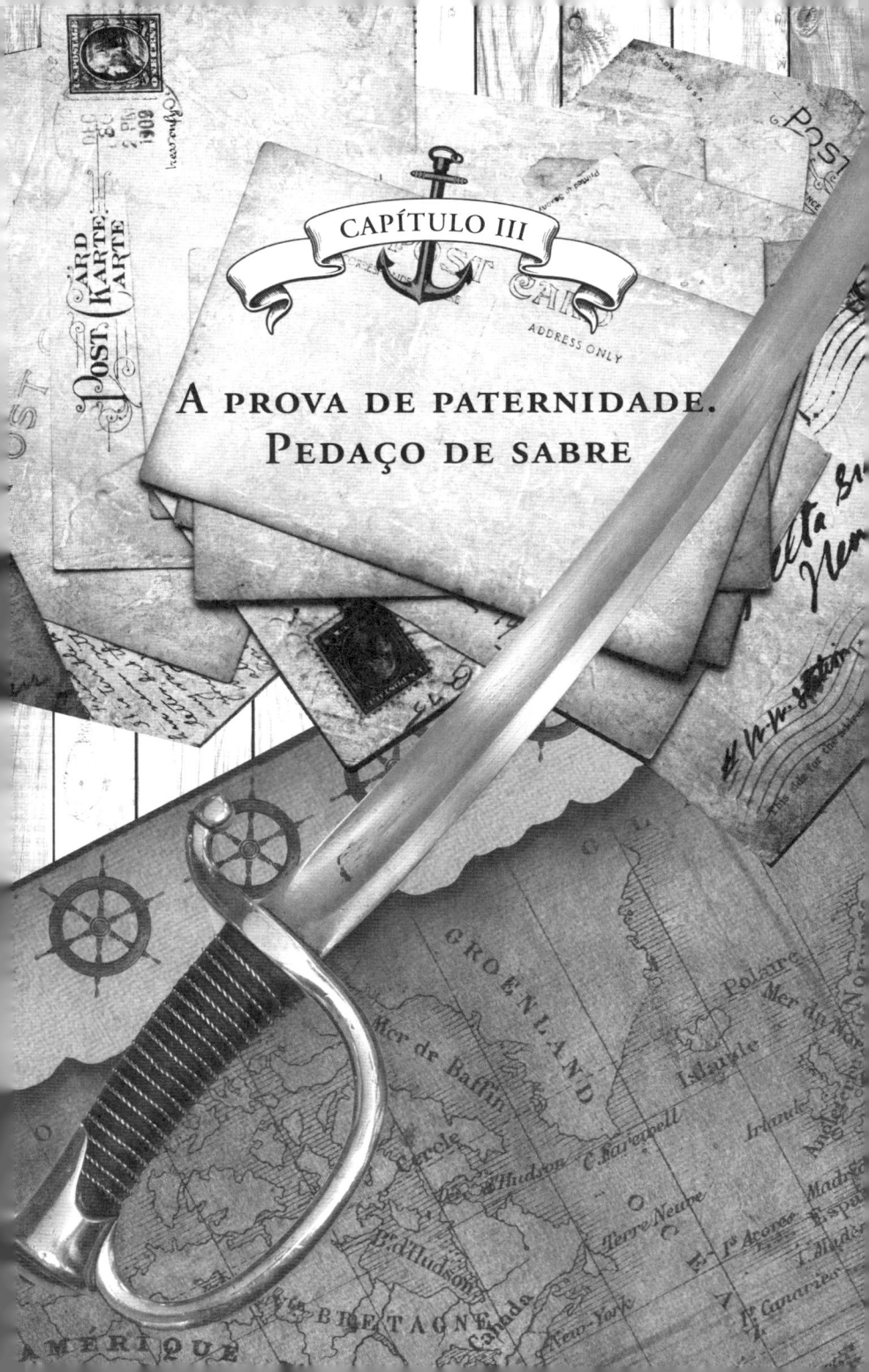

A prova de paternidade. Pedaço de sabre

Todos queriam assistir às provas. Além do fascínio despertado pelos concorrentes – esportistas, lutadores ou forçudos que vinham treinando o ano inteiro –, agora também havia o entusiasmo despertado pelo novo visitante. Logo as opiniões se dividiram em três grupos: uns achavam que o pirata era um ator, ou seja, o pai ou algum tio de Jan Plata que tinha resolvido vir fantasiado para divertir as pessoas.

"Ah, esse pirata é muito engraçado." "E a fantasia dele é ótima!!" "Ele até fede a peixe e a pólvora, ha, ha, ha!", riam as pessoas.

Outros o viam com receio, achando que fosse um louco que viera assustar as pessoas. Era preciso ficar de olho nele! Com tantas crianças na escola! O pai de Juanjo Festorer, que era guarda municipal, seguia o pirata por todo lado. Num livrinho que carregava sempre na mão, anotou: "Joan Kekiser? Roberto Luis Istivetson?" "Jones Mit?" Ao lado acrescentou duas flechas, que significavam "INVESTIGAR", e uma cruzinha, que significava "INVESTIGAR URGENTEMENTE".

Um terceiro grupo achava que se tratava de um pirata de verdade. Um personagem de carne e osso que soubera viver em liberdade, fora das correntes da moda e do tempo. Nesse grupo havia apenas uma pessoa: Jan Plata. Talvez duas: a senhorita Svetlana se aproximou do menino, segurou as duas mãos dele e, olhando-o intensamente do fundo de seus olhos violáceos, disse:

– Hoje será um dia muito longo, Jan. E muito especial para você. Você tomará decisões importantes. Aja com prudência. Vá e viva esse dia, porque é o seu dia.

E Jan apertou os dedos dela, frios mas bondosos.

– Senhorita Svetlana, logo vou saber...

– Não, Jan. "Logo" não. "Agora."

Jan foi correndo procurar o pirata. Sentia na nuca, como uma agulhada, o olhar penetrante do professor Gaddali. Mas, em meio a tanta gente, tanto desconforto e bancas de artesanato, comida e bebida, quando conseguiu chegar as provas já haviam começado.

– A primeira prova – anunciava o senhor Popper – consiste em subir por uma corda. É fogo, hein! É isso mesmo? Pois é, subir por uma dessas cordas... mãe do céu, mas são muito altas! Ganha quem tocar o sino primeiro! Bem que eu disse, é fogo mesmo!

No alto da grande armação, da qual pendiam algumas grossas cordas, havia uns sinos. Quem chegasse primeiro lá em cima deveria tocar o seu, e ganharia a prova.

Os concorrentes tomaram posição, cada um debaixo da sua corda. O pai de Rubem Llobet quis ficar do lado de Joan Plata (ou "Joan Keskiser", segundo os alto-falantes). Todos seguravam a corda com força, concentrados, olhando para cima. Menos o pirata. Joan Plata, tranquilamente, acendia um cachimbo comprido, feito de dente de cachalote.

– Preparaaaaados? – ouviu-se pelos alto-falantes. A voz do senhor Popper tremia. Sua mulher tinha trazido os óculos que ele esquecera em cima da mesinha de cabeceira, e agora ele enxergava com toda a nitidez o pirata e os corpos atléticos e musculosos dos demais concorrentes. – Oooh! – fez ele. – Quer dizer... "Preparaaaaados?"

Mas o pirata continuava concentrado no seu cachimbo.

– Prooooooontos?

"Ooh!", fez o público. Sim, porque o senhor Llobet já se adiantara e subia pela corda. O senhor Popper ficou nervoso e disparou:

– Jáááááá!

De modo que a corrida começou com uma vantagem de uns dois metros para o treinador de *kickboxing*, que subia enfurecido e dava coices nos concorrentes que chegavam perto demais. "Ufa! Ufa!", ele ofegava. Seu rosto se contorcia de tanto esforço, e ficou igualzinho a uma maçã ao forno.

Mas, na realidade, não houve corrida.

Quando os concorrentes já alcançavam a metade das cordas, o pirata começou a subir pela sua. Como um esquilo ou um pássaro, que com dois saltos conseguem subir numa árvore, chegou ao topo num fôlego só e fez soar o sino:

– Blém!

Então saltou para o chão, com a agilidade de um tigre. Mas as pessoas ainda nem tinham tido tempo de fazer "Ooooh!" e o senhor Popper mal acabara de ligar o botão do microfone ("clique!"), e o pirata já estava subindo por outra corda.

Era a do senhor Pau Bonastre, que tinha se inscrito nas provas a pedido de sua sobrinha, Ariadna. O pai dela estava viajando e ele... etcétera! Acontece que ele era confeiteiro! Na hora da inscrição, o senhor Popper tinha zombado muito dele, dizendo: "Oh, he, he, he... Vão ter que lhe dar dois prêmios, se o senhor ganhar! Um para o senhor, e outro... he, he! ... e o outro para a sua barriga!", e coisas do tipo.

O pirata, o "Grande Keskiser", segundo os alto-falantes, subiu pela corda, carregando o enorme confeiteiro nas costas e, com a mesma facilidade de antes, chegou lá em cima. O bom confeiteiro, sem entender nada, maravilhado e rindo de alegria, tocou o sino.

– Blém! Nossa, fiquei em segundo! Veja só, Ariadna, olhe aqui para mim!

Ariadna dava guinchos de alegria. Pela segunda posição e porque aquele pirata genial havia escolhido seu tio para ajudar.

Agora havia mais dois no grupo dos que achavam que "o Grande Keskiser" era um pirata de verdade.

Quando desceram (custou um pouquinho, porque o senhor Bonastre tinha medo de altura e não queria se soltar), e enquanto alguns concorrentes protestavam na mesa do senhor Popper pelo segundo lugar do senhor Bonastre, o confeiteiro se aproximou do pirata:

– Muito obrigado, amigo. Por que fez isso?

– Ah, e por que não? Fui com a sua cara! – acrescentou, mais baixinho: – E um bisavô de um trisavô seu foi cozinheiro do *Estrela do Mar*, o barco dos meus antepassados – sorriu. – E também porque a sua sobrinha é amiga do meu filho. Não basta?

O bom homem não largava a mão do pirata.

– Ah! A minha confeitaria vai estar sempre aberta para o senhor! Tudo de graça!

— Opa! Então valeu a pena, pode acreditar!

— Pai!

Jan Plata estava plantado diante do pirata. Visto de perto, pareceu-lhe ainda mais alto, mais robusto, mais forte. Mais terrível.

O rosto do pirata endureceu. Olhou o menino de cima a baixo. Jan teria gostado de ser alto e forte como o Llobet, como um lobo do mar.

O pirata aproximou seu rosto do rosto do menino. Seus olhos escuríssimos o atravessaram como se ele fosse capaz de comprovar a dureza de seus ossos e tendões apenas olhando. De repente, pegou a mão dele. Machucava! Num décimo de segundo puxou um punhal da cintura e abriu-lhe um corte na polpa do dedo polegar!

— Ai! — Jan Plata tentou tirar a mão. Mas os dedos do pirata eram como alicates de metal.

— Quieto! — trovejou o homem, que fez um corte semelhante no seu próprio dedo. Quando o sangue começou a brotar, juntou as duas feridas.

Jan estava assustado, queria fugir. Aquele homem era louco, o professor Gaddali tinha razão! O sangue do pirata parecia queimar seu dedo.

— Aguente firme, só um instante! — ordenou o pirata. Dava para perceber que, por dentro, ele contava os segundos. Não tirava os olhos da mão do menino. Finalmente cheirou-a, grudando nela seu nariz robusto. Então olhou bem nos olhos de

Jan (afastava de leve as pálpebras dele com os dedos), tomou o pulso do menino e disse: "Pronto! Você é o meu filho! Oi, Jan Plata! Finalmente!"

E o abraçou tão forte que Jan achou que ia quebrá-lo ao meio.

– Mas o que foi...? O que... o que você fez comigo agora?

– Não foi nada, não, só comprovei que você é meu filho! Ninguém sobrevive ao sangue de um Plata, a não ser que seja um Plata também!

– Mas... mas... – Jan não dava conta de tantas surpresas. – E se você tivesse se enganado de menino? O que teria acontecido?

– Bem, então eu só precisaria cortar o seu braço e dar a você o antídoto. Mas, não se preocupe, no barco eu tenho um monte de braços postiços! E de pernas também, é claro!

– Antídoto?

– Sim, garoto, antídoto! Sangue de sereia, evidentemente! Sua mãe não lhe ensinou isso? Ela sempre me disse que você quer saber tudo sobre o mar! Que algumas vezes até chegou a dizer que gostaria de navegar...

– Mas, mas... você, a mamãe... quando foi que você a viu? Onde?

Jan fez uma incrível cara de bobo. Mas seu pai também. Deu um passo atrás.

– Você não sabe de nada?

– Saber o quê?

– Jan, você não tocou o sino para me chamar?

Jan se sentia levado por um furacão de emoções. Queimava de alegria e, ao mesmo tempo, tinha receio de fazer ou falar alguma coisa que deixasse o pai zangado.

– Bem, eu... sim, toquei o sino... é verdade, eu queria que você viesse...

De repente uma expressão de alívio surgiu no rosto do pai. Suspirou, olhou duas nuvens que passavam e disse: – Agora estou entendendo tudo, meu filho – ele sorriu –, não se preocupe mais. Hoje você vai entender tudo. Você também.

Voltaram a soar os alto-falantes. O senhor Popper chamava os concorrentes para a "prova dos três pontos". O Joan Plata adulto levantou do chão o Jan Plata criança e voltou a abraçá-lo. O menino sentiu os olhos umedecerem de alegria. Ainda mais quando o pai, apontando para as duas nuvens que passavam, disse:

– Veja que nuvens bonitas. Para onde será que elas estão indo?

– Senhoras e senhores! – interrompia o senhor Popper com o volume dos alto-falantes no máximo. – Agora sim! Todo o mundo para o pátio! É hora do grande concurso dos três pontos! Isso mesmo!

Os pais concorrentes já se aqueciam e treinavam arremessos na cesta com as melhores bolas de basquete da escola. Alguns, como o senhor Ignasi Epifania, que havia sido pivô em competições internacionais, tinham trazido uma bola de casa (uma bola oficial, da liga americana).

Quando Joan Plata (ou "o Grande John Keskiser!", como o chamava agora o senhor Popper, depois de vê-lo na quadra) entrou na quadra, não estava entendendo nada. Precisaram explicar-lhe o que era um lance de três pontos.

Nunca havia jogado basquete. Jan Plata olhava, surpreso. Não tinha a menor importância para ele se o pai ganhasse a prova ou não. Agora tinha um pai! E vindo do mar! Pelo menos até que se soubesse o que se escondia por trás daquela roupa bizarra.

Enquanto o senhor Pau Bonastre explicava a Joan Plata as regras do basquete e dos arremessos (ele tinha muita pontaria:

imaginava que a cesta era o forno e que ele tinha que enfiar a massa de pão de ló lá dentro), Joan Llobet aproximou-se de Jan Plata.

– Ora, ora... Pobre Janzinho! Seria melhor não ter pai do que ter um pai palhaço...

Carol Roseda olhava os dois meio de longe. Jan já ia responder mas, de repente, o pai, que estava no meio da quadra, virou-se com um salto e disse:

– Jan, não responda! Depois vou lhe ensinar como devemos tratar gentinha dessa espécie!

Joan Llobet ficou boquiaberto. Como ele tinha conseguido ouvi-los? Llobet pai aproximou-se do pirata:

– O que está acontecendo aqui? Nem ouse olhar para o meu filho, seu palhaço!

O pirata olhou tão fixo nos olhos do senhor Llobet, que este ficou petrificado no meio da quadra. Joan Plata foi andando até a linha de arremesso, assobiando tranquilamente uma música (provavelmente de piratas). Todo o mundo veio andando junto... Mas o senhor Llobet continuava como uma estátua. Nem os gritos do senhor Popper foram capazes de despertá-lo:

– Todo o mundo para a linha dos três tontos, epa... não é três tontos coisa nenhuma!, é para a linha dos três pontos! Senhor Llobet, por favor! O que está fazendo? Não quer mais arremessar? É o senhor que vai lançar primeiro! Senhor Llobet! Atenção... se não vier... Bom, então, fica eliminado, he, he, he... O que estão achando disso, senhores, quanta emoção, não é? Nem começamos e já temos um eliminado! Quem quer continuar?

– Como é que se segura a bola? – perguntava Joan Plata ao senhor Bonastre.

O confeiteiro lhe dava instruções: – Imagine um bolo, um forno... para mim isso funciona muito bem!

– Acho que já peguei o jeito! – disse de repente o pirata.

A prova seria decidida logo. Os concorrentes só tinham cinco arremessos, a cesta não era muito bem alinhada e, com o público tão perto e o nervosismo, os concorrentes erravam muito. Quando chegou a vez do Joan Plata, ele segurou a bola com as duas mãos. Ficou de costas para a cesta e, gritando "bomba!", jogou a bola tão alto que o sol ofuscou todo o mundo que a acompanhou com o olhar.

"Oh!" "Nossa!" "O que ele está fazendo?", exclamava o público. Depois de um bom tempo a bola caiu na vertical: bem dentro da cesta, sem nem resvalar no aro.

– Bravo! – gritou Jan Plata. – Muito bem, pai!

O pai olhou para ele e deu uma piscadela.

O senhor Xarxanegra lançava a bola muito forte, o senhor Jordi Mata quis encestar (e, de fato, conseguiu) com um chute, e foi desclassificado. O senhor Llobet não saía do meio da quadra, ainda petrificado, e o senhor Aureli Comes fazia a bola subir muito bem, mas ao descer ela sempre ia parar direto na cabeça de alguém do público. O senhor Bonastre errou o terceiro e o quarto arremessos:

– Com este calor, a massa de pão de ló cresce demais! – resmungava. – Não cabe no forno! Chega, acabou!

Só o senhor Inácio Epifania acertava todas... e Joan Plata com as suas "bombas". O que será que ele imaginava ao arremessar?

Quando faltava apenas um arremesso, o senhor Epifania errou:

— Assim não vale! O suor... Falta pessoal! — e saiu procurando um juiz para reclamar, como fazia quando era jovem, em todos as partidas. Mas naquela prova não havia juiz. Joan Plata pegou a bola e arremessou, sempre de costas, bem para o alto. De novo ela se perdeu de vista. Quando ia voltando, todo o mundo viu que ela vinha, numa vertical perfeita, para cair direto no meio da cesta. Mas, de repente, uma gaivota se intrometeu na sua trajetória. O impacto teria sido mortal para o pássaro, se o próprio Joan Plata não o tivesse pegado antes que caísse no chão. Mas já era tarde demais: a bola, desviada pela gaivota, ricocheteou no placar e caiu fora da cesta.

— Empate!

— Um último arremesso para desempatar!

Assim fizeram. O senhor Epifania, porém, já estava nervoso e só resmungava:

— Sem árbitro... onde já se viu!

Joan Plata olhou para ele:

— Acho que você vai errar! — disse. — Você transpira demais, isso não é saudável...

— Ah! — suspirou o senhor Epifania, com um calafrio.

E lançou a bola tão mal que ela foi parar direto na cabeça do senhor Popper.

– Ai! – gemeu o homem, que estava limpando os óculos. Ligou rapidamente o microfone e repetiu:

– Ai! Que pancada, senhoras e senhores! Meus óculos quebraram!

E, como não tinha visto a jogada porque estava comendo uma salsicha frankfurt, achou que a bola tinha vindo das mãos de Joan Plata e gritou:

– A partir de agora não é mais permitido jogar a bola de costas para a cesta! Chega! Seus mal-educados!

Joan Plata alisou o bigode. Tirou o gorro de pirata, colocou-o de lado e perguntou:

– Bem, trata-se de fazer a bola passar pela cesta e pronto, não é?

– Isso...

– Sem problemas! – sorriu. Então, com a mão esquerda, arremessou a bola bem para o alto. De repente, com a direita, desembainhou o sabre. Como brilhava sob o sol! E que som mais límpido, quando o pirata o atirou, girando, voando direto em direção à cesta como se fosse um punhal, um relâmpago.

"Zzzztang!", e o sabre ficou espetado no meio do placar, com a bola perfurada bem no meio, trespassada, pendendo como uma casca de banana logo acima da cesta.

– Não entrou, senhoras e... – começou a dizer o senhor Popper. Mas o sabre ficara com a lâmina voltada para cima. A bola foi se esvaziando, baixando sob seu próprio peso. E o sabre era tão afiado que a bola ia se cortando sozinha! Finalmente, plof!, a bola entrou na cesta: três pontos. O que os alto-falantes disseram não importava, porque todos aclamaram Joan Plata como vencedor.

De qualquer modo, o senhor Popper tentou:

– Epa! Não! Vazia não...

– Como? – trovejou de novo a voz do pirata. – Quer dizer então que, se eu esvaziá-lo com o meu sabre, o que o senhor disser também não vai valer?

– Ora, aham... é que eu não tinha terminado de falar! Vazia não... não altera em nada o resultado, e portanto... o vencedor é o senhor Joan Kapuscinski!

– Pai! – Jan o abraçou. – Você é um gênio!

– Não, filho, não... São apenas pequenas diversões... pequenos desafios. E olha que ficar me fazendo arremessar bolas de três pontos... que bobagem! Esses aí são capazes de jogar esse jogo sem sabre!

Então voltou a levantar Jan. Preso entre aquelas duas mãos de aço o menino sentia-se feliz. O pai olhou-o nos olhos e disse:

– Pois é, marinheiro! Meu nome é Joan Plata, sim. Mas no navio todo o mundo me chama de Pedaço de Sabre.

– No navio...?

– O *Estrela do Mar*! Você vai conhecê-lo... – o rosto do menino se iluminou. – É a escuna mais bonita, mais rápida e resistente que já foi construída. A princesa dos mares...

– E eu? Como devo chamá-lo? "Pedaço de Sabre"?

– Ah, não! Pode me chamar de "pai". Ou do jeito que quiser! Você é o único que tem autorização para fazer isso, ho, ho! O único!

Então olhou por cima do ombro de Jan e acrescentou:

– Aham... Quer dizer, você e sua mãe, é claro.

Ela acabava de chegar. Olhou para os dois, sorriu, foi abraçá-los e disse: – Já estava na hora!

No céu, três nuvens cruzavam placidamente o espaço. E não importava em nada para onde iam.

Capítulo IV

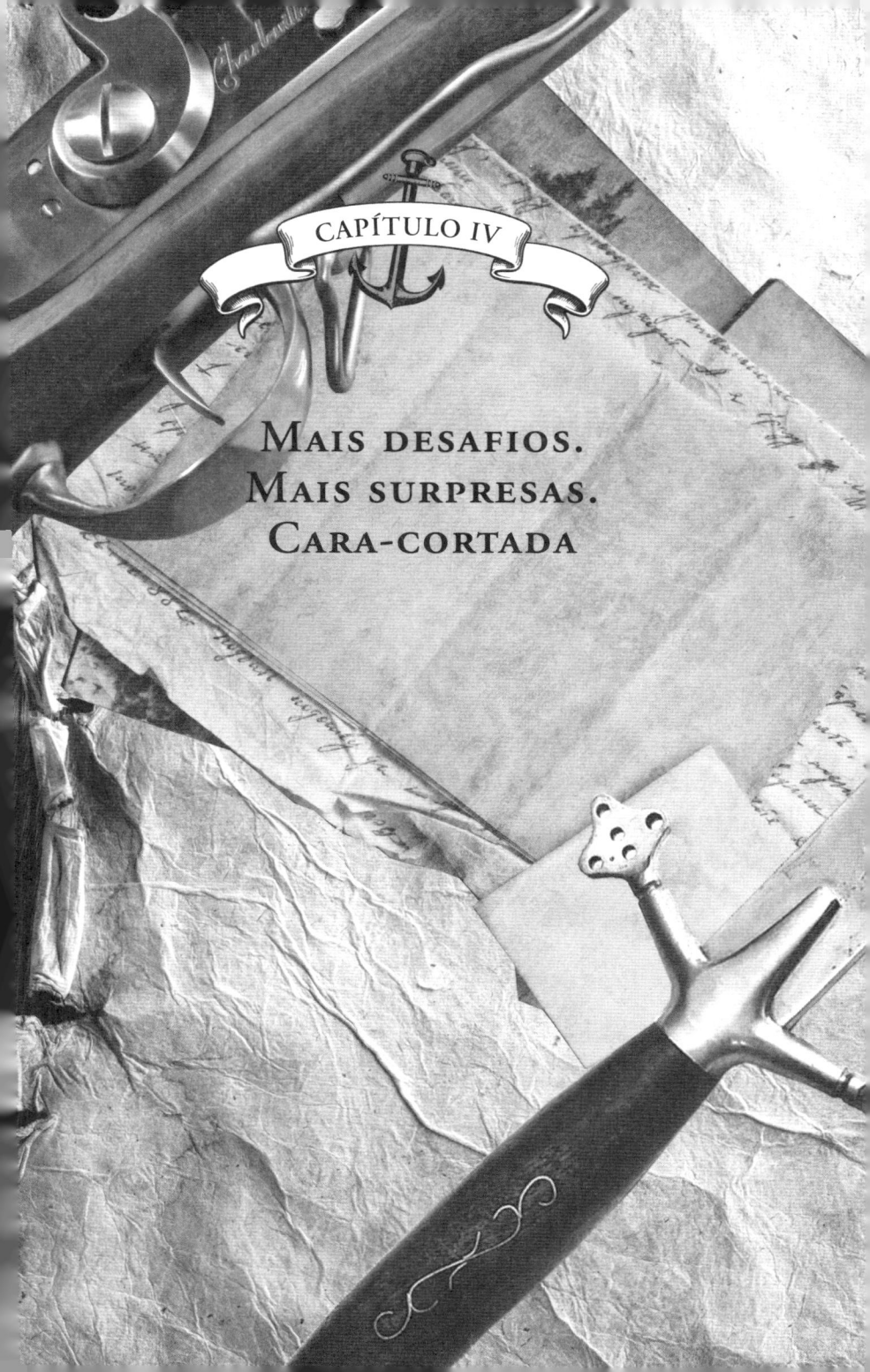

Mais desafios.
Mais surpresas.
Cara-cortada

As provas continuaram pelo resto da manhã. Jan não ousava perguntar tudo de uma vez. Só ficava apertando a mão da mãe, como se temesse perdê-la agora que estavam os três juntos. Os olhos do menino a observavam, como se quisessem saber toda a verdade de uma só vez. Mas ela acariciava-lhe a cabeça e dizia:

— Devagar, filhinho. Aos poucos você vai entender tudo...

— O sino? — Jan ousou dizer, apenas.

— Sim. Há séculos aquele sino tem servido para alertar os Plata em alto-mar. Tem a estranha virtude de eles poderem ouvi-lo de qualquer canto do mundo.

— E quando você queria falar com ele...?

— Devagar, filhinho, devagar. Veja, agora estão fazendo a competição de força. Já percebeu que seu pai vai ganhar todas, não é?

— Bem, também não precisa ganhar todas, todas...!

— Ah, você ainda não conhece esse homem! — ela tocou num pingente que trazia pendurado no pescoço (uma pequena sereia de ouro e coral), sorriu placidamente e acrescentou: — Por isso me apaixonei por ele!

O concurso de levantamento de peso terminou logo. Pedaço de Sabre limitava-se a sempre carregar o concorrente que estivesse levantando os pesos mais pesados.

— Cento e quarenta quilos, senhoras e senhores, cento e quarenta!

O senhor Llobet, perdão, o senhor Llobet é forte como um touro! Mas atenção! Como? Desculpem, com o susto meus óculos caíram e quebraram de novo! Vejam! O grande Joan Kekizero! Levantou o senhor Llopet... com os pesos e tudo! Incrível!

O mais forte de todos parecia ser o senhor Arnau Xarxanegra, o farmacêutico fisiculturista. Ele também havia erguido do chão o senhor Bonastre, quando este levantava um saco de farinha (pedira para levantar sacos de farinha ou de açúcar em vez de pesos) de noventa quilos. Infelizmente, não colocou o senhor Bonastre direito no chão, e este torceu um pé, caiu e derrubou a mesinha dos microfones do senhor Popper: "Aaaiii!", ouvia-se pelos microfones. "Os meus óculos de novo!", etcétera.

Então o senhor Xarxanegra reclamou e pediu que todos parassem de levantar os concorrentes e que, em vez disso, fossem utilizados pesos profissionais ("Pechosss Pffruofichionaisss!", ele pronunciava, por causa de um enorme protetor dental profissional que trazia na boca).

– Está certo! – aceitou Pedaço de Sabre. E começou a final.

O senhor Xarxanegra levantava cento e cinquenta quilos.

– Chento e chinquentcha! – gritou, com os dentes bem apertados pelo protetor, ao largar de vez os pesos no chão.

– Duzentos! – sorria Pedaço de Sabre, que largava seus pesos no chão suavemente.

– Tuchentoch e téichsss quilochss! – clanque!

– Duzentos e vinte e cinco! – e de novo os pesos eram depositados delicadamente.

– Tuchentochss e chinquentcha! Aich! Tão caindjo todos! – clonque!

O senhor Xarxanegra fazia tanta força, ficava tão azulado e transpirava tanto que dava agonia no público: "Chega, chega!", pediam alguns. "Vamos proclamar empate!" "Não, o pirata Kavalevski é mais forte! Olhem para ele, o cara nem transpira!" "E daí? A minha avó também não transpira e...". "Pera aí! Sua avó já morreu faz dezoito anos!". Etcétera.

– Trezentos! – levantou Pedaço de Sabre.

Finalmente, o senhor Xarxanegra, tirando energias de onde já não tinha, levantou trezentos e dezesseis quilos. Transpirava terrivelmente, lágrimas escorriam-lhe dos olhos, seus lábios estavam completamente azuis e, quando deixou cair estrepitosamente os pesos no chão, não conseguiu evitar de soltar uma ventosidade.

– Tchrrechentochss... e tchrretze... ai!, vou cairrr! Nhaque, clonque, pof!

As pessoas riam e batiam palmas ao mesmo tempo. Aquele homem era um valente. O pirata Pedaço de Sabre aproximou-se dos pesos, pegou dois de duzentos e cinquenta quilos, um em cada mão, e, com um grito selvagem (alguns acreditaram ouvir "Abordaaar!", mas é óbvio que hoje em dia ninguém mais grita essas coisas), ergueu os dois com um só impulso. Com os braços esticados acima da cabeça e os pesos lá no alto, deu uma volta pela quadra.

– Incrível! – urrava o senhor Popper. – O pirata Xostakóvitch bateu o recorde mundial! Impossível! Ai, acho que nem eu conseguiria... Oh! Ah!

O senhor Xarxanegra estendeu a mão esportivamente para Pedaço de Sabre e ofereceu-lhe emprego de treinador no seu ginásio de fisiculturismo e halterofilismo.

– Muito obrigado, amigo! – riu Pedaço de Sabre. – Mas acho que eu não teria tempo para isso...

Depois o senhor Xarxanegra retirou-se das provas. E o senhor Bonastre também, porque já estava cansado e queria preparar a massa de brioches para o dia seguinte.

As provas de corrida, equilíbrio sobre corda bamba (nessa hora Pedaço de Sabre foi cumprimentado publicamente pelos saltimbancos e funâmbulos que haviam se apresentado no espetáculo da manhã e que lhe deram um cartãozinho para o caso de ele querer fazer parte de seu circo: com aquela roupa de pirata seria um grande sucesso!), salto em altura e desenho a mão livre, foram todas vencidas por Pedaço de Sabre. Na prova de desenho, os demais pais tinham desistido logo de cara: "A gente não sabe desenhar direito...", desculpavam-se.

Pedaço de Sabre pediu uma folha de papel e umas aquarelas e, de olhos vendados, ajudado por Jan Plata, que ia molhando os pincéis, pintou uma ilhota lindíssima, no meio de um oceano tranquilo. E o céu, as nuvens...

– É a ilha de Makoko. Sempre imaginei que seria capaz de desenhá-la de olhos fechados... Conheço-a de cor! Um dia, Jan..., você vai ver que lugar lindo!

– Makoko? Não conheço, pai. Tenho um atlas que...

– Ah, mas essa daí não está nos mapas, nem adianta procurar. O dia em que você for, vai conhecer a taverna Paradissus! Ah...!

Atrás dele, seis olhos olhavam-no com rancor: os dos dois Llobet, pai e filho, e os do professor Gaddali. Os três mordiam o lábio inferior. Por motivos diferentes, mas com ódio semelhante. O ódio tem poucas nuances, é sempre similar. Chegou a hora da última prova.

— E finalmente, senhoras e senhores, a prova definitiva! Restam apenas dois finalistas! O senhor Bollet... ahn? Ah, sim, Llobet, é claro! Bem, então, como dizíamos antes de me interromperem, o senhor Bollet e o misterioso pirata Kontxalovski, que até agora ganhou todas as provas, he, he, he... o que eu estava dizendo, mesmo? Ah, sim, a última prova, isso! O ano passado foi a prova de "Confeitaria rápida"!

"Aaah, sim", suspirou o senhor Bonastre, que então tinha sido o vencedor.

— Mas este ano, a pedido do professor Gaddali, temos... um concurso de esgrima! Vamos abrir uma roda, por favor, para deixar o pátio livre! Senhores... todos ao ginásio poliesportivo!

Pedaço de Sabre sorriu e deu uma piscadela para Jan Plata. Queria lhe mostrar seu sabre: faltava um pedaço de metal na lâmina, tinha entalhes profundos. Isso, e outras coisas, faziam dele um sabre único...

Mas, quando estava a ponto de desembainhá-lo, apareceu o senhor Llobet.

— Bem-vindo, meu senhor... se é que andar fantasiado desse jeito é coisa de senhores, mas, tudo bem. Vamos nos apresentar como se deve: meu nome é Rubem Llobet, campeão de esgrima de Badalona e de Sant Celoni! De florete e espada! E duas vezes campeão de sabre de Rosselló! Fui discípulo do grande Eduardo Mangiarotti! Estudei a fundo os extraordinários tratados de Maurinho, Serret, d'Oriola, Al-Abdullah-Ibn--Sissif e Bernat de Cabrera!

— Pois eu, professor — Pedaço de Sabre acariciava a barba enquanto falava — , todo dia escovo os dentes e às vezes preencho as palavras cruzadas do jornal.

— Grande resposta! — bradaram os alto-falantes. O senhor Popper ficara emocionado, pois odiava escovar os dentes e nunca conseguira terminar um joguinho de palavras cruzadas. — Deem-lhes os sabres regulamentares!

— Que falem as armas! — berrou o senhor Llobet.

— Lá vamos nós, seu bacalhau! — Pedaço de Sabre pegou com indiferença o sabre esportivo que lhe deram.

— Para o ginásio! Para o ginásio! — clamavam os alto-falantes.

Llobet começou por desferir um pontapé de *kickboxing* na cabeça de Pedaço de Sabre. Mas este esquivou o golpe com facilidade (o gorro caiu no chão: "Oh!", disse ele).

— Vamos começar, por favor? — suspirou com um certo tédio.

O senhor Llobet ia se enfurecendo sozinho. Atirou seu sabre regulamentar no chão (um sabre próprio para não machucar) e, da mochila que seu filho lhe trouxera, tirou um esplêndido sabre francês. Lançou-se ao ataque como um louco. Pulava, cortava, avançava a fundo com o sabre, desferia estocadas, ur-

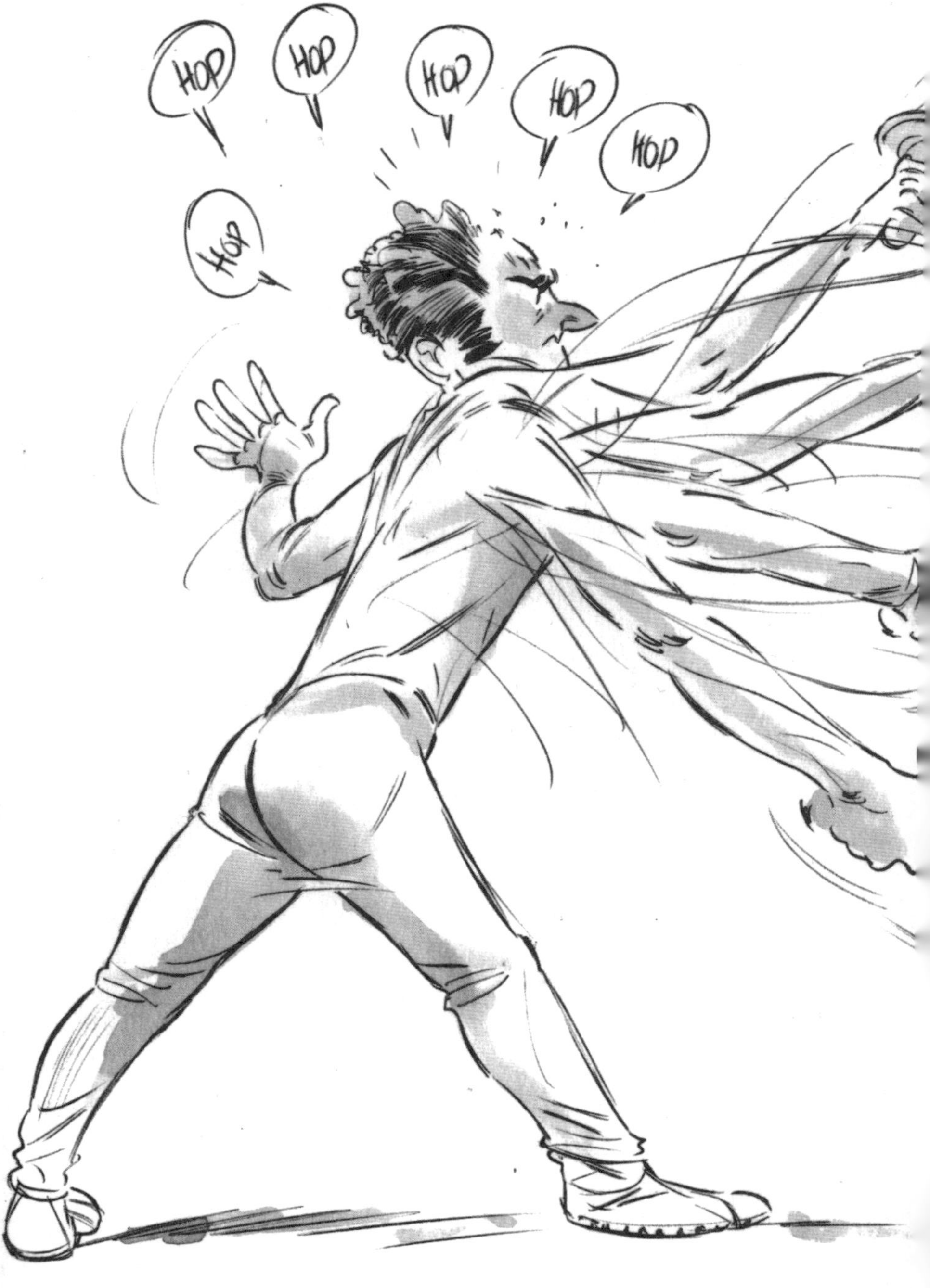
HOP
HOP
HOP
HOP
HOP
HOP

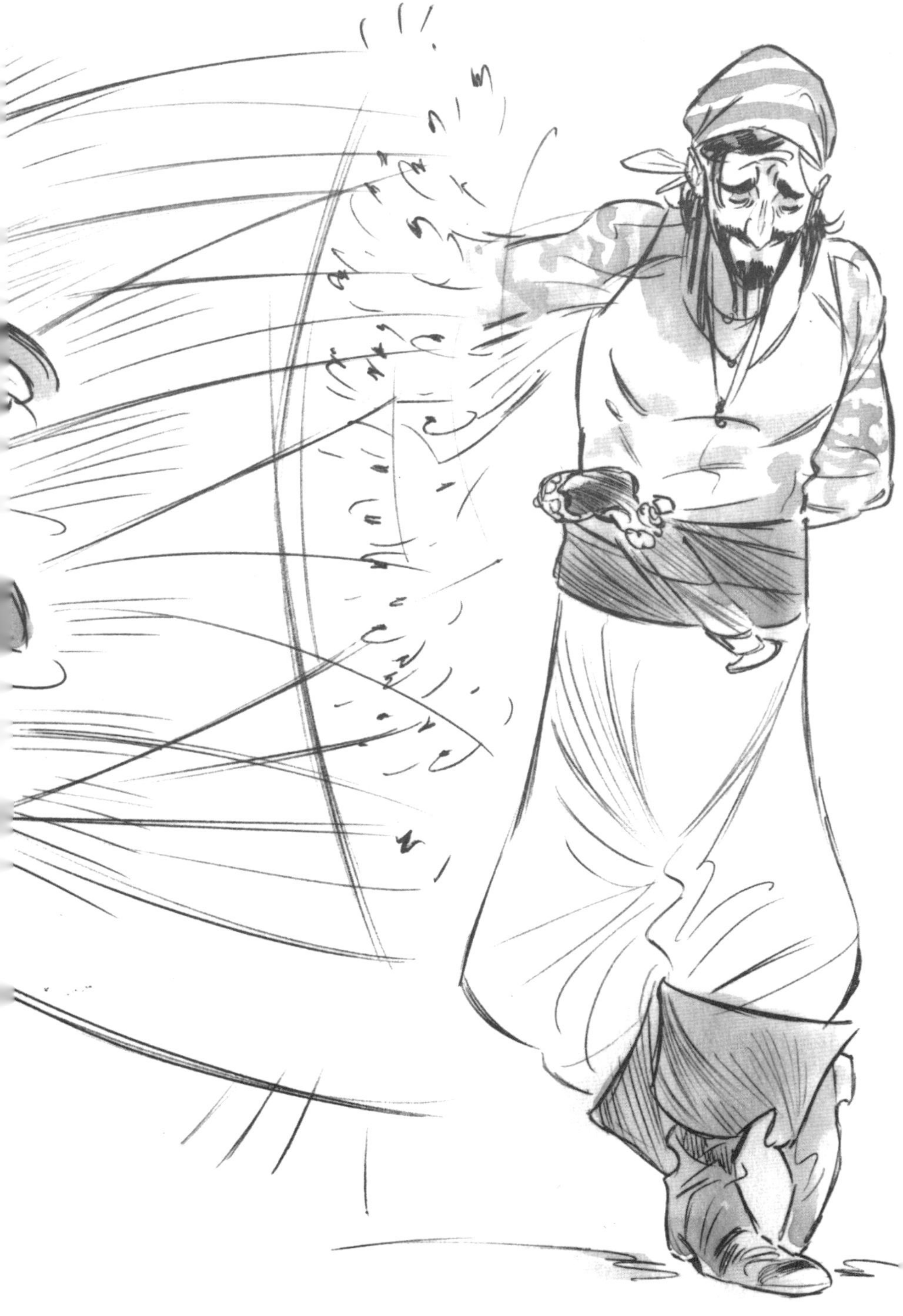

rava, xingava, cuspia, guinchava e dava golpes de *kickboxing* e *taekwondo*.

Pedaço de Sabre, com a mesma cara de tédio, palitando os dentes, esquivava indolentemente todos os ataques. Permitiu-se até bocejar.

— Quer fazer o favor de atacar a sério, senhor... Bollet? Não disse que havia lido sei lá que livrão? O senhor tem um sabre muito lindo, com certeza... Mas atacando desse jeito vai acabar estragando-o!

O outro ficou louco de raiva. Cuspiu no chão uma espécie de muco escuro (tinha comido um docinho de goma de alcaçuz) e, com um grito lancinante, precipitou-se sobre Pedaço de Sabre.

Mas o pirata, com o sabre regulamentar, uma peça muito simples e frágil, ia esquivando todos os ataques. De vez em quando, permitia-se dar algum conselho: "Não gire o pulso desse jeito, senão vai se machucar..." Ou então: "Cuidado, já avisei que assim você vai quebrar o sabre! Não se devem atacar as pernas do adversário a partir desse ângulo, rapaz!"

Mas Llobet estava cada vez mais cego. Respirava ruidosamente e já não ouvia nada. Tropeçou, caiu e todo o mundo riu. No chão, sem se levantar, como um cachorro raivoso, atacou os joelhos do pirata:

— Creque!

Com um golpe ligeiro de bota, Pedaço de Sabre partiu em três o belo sabre do senhor Llobet, que não acreditava no que via. Fez-se um silêncio que durou bem uns cinco segundos. Foi rompido pelo senhor Popper.

– Aahh, senhoras e senhores... este ano, que surpresa! O grande Joan Korchnogoievski, o inimitável pirata Karchnovinski, ganhou... mas o que é isso? O que o senhor está fazendo?

Pedaço de Sabre pegara o microfone das mãos do senhor Popper.

– Senhores, é melhor dizer assim: "Quem ganhou todas as provas foi... o pai do Jan Plata!" Nada mais a declarar! Vamos continuar a festa!

Jan ria sozinho de pura alegria. Olhava para a mãe, e então riam juntos.

Ouviu-se o som característico de um sabre sendo desembainhado.

As pessoas soltaram um grito de aflição. Uma sombra enorme saltara sobre Jan. Arrastara-o alguns metros como quem arrasta uma pluma, e agora ameaçava o pescoço do menino com uma espada que ofuscava, de tão reluzente.

A mãe, que caíra ao chão, soltou um grito estridente.

Era o professor Gaddali. Mas o que ele estava fazendo, com uma espada como aquela?

– Pedaço de Sabre! – ele rugiu. A voz do professor Gaddali era potente como um canhão. Seus olhos de cobre refulgiam no meio de um rosto enegrecido de ódio. – Demorei muito para encontrá-lo... Sabia que esse menino era seu filho! Largue no chão o seu sabre de Serapião e afaste-se.

Assim, ao que parecia, o sabre de Pedaço de Sabre era o "sabre de Serapião".

– Você sabe que só quero levar o sabre! – continuava o professor Gaddali. – Mas, se não me obedecer, ou se decidir se aproximar ou tentar inventar algum subterfúgio, vai ter que juntar a cabeça e o corpo do seu filho com cola instantânea!

Jan sentia a lâmina fria sobre a pele. Ele transpirava, e o gume da arma já lhe produzia pequenos ferimentos toda vez que o professor Gaddali falava ou se mexia. Já quase desmaiando asfixiado, ainda viu uma figura de pirata aproximar-se. Era seu pai. Parecia ter crescido, e seu rosto estava transfigurado. Seus olhos negros tinham se acendido por dentro e estavam rodeados por uma auréola vermelha.

– Finalmente você me encontrou, Gaddali... Cara-cortada!

– Não me ofenda, Pedaço de Sabre! Já estive a ponto de vencê-lo há uns anos, lembra? Sou Gaddali, o Sanguinário...

Mas num centésimo de segundo, e enquanto Gaddali ainda falava, Pedaço de Sabre desembainhou o sabre. Arrancou o sabre das mãos do professor, fez-lhe um corte no polegar da mão com a qual segurava Jan Plata (de maneira que este conseguiu escapulir e correr até a mãe) e abriu-lhe um grande corte no rosto, da testa até o queixo, passando pelo nariz.

– Agora sim! Agora você será Gaddali Cara-cortada!

Cara-cortada, enquanto cobria o rosto com uma das mãos, puxou do bolso da jaqueta uma espécie de pistolão. Mas uma enorme frigideira estalou no seu cucuruto: era o senhor Bonastre!

– Nunca fui muito com a cara desse professor! Bongue! – e acertou de novo: "Bongue-bongue."

– Ele sempre nos punha de castigo! – acrescentou sua sobrinha, a pequena Ariadna.

Enquanto Pedaço de Sabre corria para abraçar o filho, o senhor Popper anunciava:

– Senhores, o ganhador do concurso! O grandíssimo Kartxonofski!! Acaba de vencer o professor Gaddali! Bem, aham, perdão! "O ex-professor Gaddali"! O diretor da escola acaba de me confirmar isso. Aham! Como presidente da Associação de Mães e Pais da Escola Galateia, é um prazer para mim demitir o senhor Gaddali! Pronto!

"Ah!", "Hurra!", "Não é bom avisar a polícia?", gritava o público.

Naquele momento, o senhor Lima, guarda municipal que havia corrido para investigar Pedaço de Sabre, pegou o microfone:

– Todos quietos! Em nome da lei, este concurso fica declarado ilegal!

"Oh!", "Por quê?", "Quantas emoções, hoje, hein! Que bom!", diziam as pessoas.

– Depois de muitas investigações, acabo de descobrir que o nome desse homem é falso! "Robert Louis Stevenson" não pode ser seu nome, porque é o nome de um homem que morreu faz tempo! Ha! Um autor que escreveu *A Ilha do Tesouro*!

Mas a esta altura todos já riam. O policial municipal não estava entendendo nada. A festa continuava.

O professor Gaddali havia desaparecido no meio da multidão.

O rastro de gotas de sangue logo se perdeu.

Tinha chegado a hora do almoço. Carol Roseda dava a impressão de querer se aproximar de Jan Plata. Mas ele se dirigia para aquele homem enorme e misterioso que viera do mar e para a sua mãe. Uma primavera de mudanças acabava de ser inaugurada.

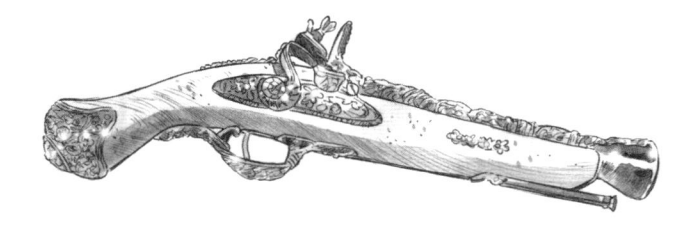

CAPÍTULO V

O mar.
Descobertas.
A mãe

O mar, Jan. Todos nós viemos do mar.

Pai, mãe e filho estavam sentados na pequena sala de jantar da sua casa, sob o olhar atento da âncora enferrujada e daquelas gravuras de marinheiros, capitães, barcos e sereias fantásticas que cobriam as paredes. O pai fez questão de que houvesse uma pequena vela presidindo a mesa. Era um dia ensolarado, e a pequena chama ficava transparente. Mas Pedaço de Sabre insistira que a vela era necessária:

— Uma chama, por pequena que seja, pode guiar um barco à noite... Ou o coração de um marinheiro a vida inteira! – disse ele. E, esticando os braços, apertou as mãos da mãe e de Jan.

— O mar, Jan! – repetiu com sua voz poderosa, enquanto tirava um fio de espaguete do bigode. – A nossa família se formou no mar, há muitas gerações. Sua mãe e eu, seguindo a tradição, também nos conhecemos em alto-mar. Que noite de tempestade, lembra, Amina?

— Nem me fale – sorria a mãe. – Coma, Jan.

— Eu diria que trazemos o mar no sangue. Por isso gostei quando sua mãe me contou que você também...

— Mas quando é que vocês se encontravam?

Pai e mãe se entreolharam.

— Nas noites de lua cheia – respondeu Amina. – Quando eu ia nadar com a senhorita Svetlana...

— Mas, pai, se você chegava tão perto, por que não...?

— É que não... bem... logo você vai entender!

— Ainda não é hora, Joan; Jan, tudo de uma vez não, por favor – agora era a mãe que apertava a mão do filho e a do marido.

– De novo "logo você vai entender"? – zangou-se Jan. – Vou ter que tocar o sino de novo se quiser saber mais coisas?

– Não! Aí viriam os meus homens. O sino é só para casos...

E Pedaço de Sabre explicou que, ainda que parecessem saídos de um romance de aventuras, a sua vida e o seu navio (quando mencionava o *Estrela do Mar* arregalava os olhos e se iluminava como uma criança com seu brinquedo favorito) eram reais. Havia muitas gerações os homens da família aprendiam o ofício de capitão e se dedicavam a navegar em liberdade.

Pirataria? Já não atacavam cidades nem barcos. Podiam trabalhar tanto procurando tesouros (de fato, era a fonte de renda mais segura) como para pescadores que os contratavam para espantar os barcos de pesca ilegal. Também podiam resgatar alguém sequestrado por outros piratas ("Modernos! Amadores!", xingou Pedaço de Sabre) ou assaltar o barco de algum multimilionário...

– Mas isso é roubar!

– Ora, depende, depende... – sorria Pedaço de Sabre. – Eu diria que sempre roubei ladrões. E o dinheiro, devolvido a quem mais precisa dele... faz as pessoas muito felizes, ah, faz!

– Mas pai... Você não é perseguido pela lei?

A mãe abaixou a cabeça e disse:

– Muitas vezes sim, Jan. Ou melhor, os navegadores do *Estrela do Mar* nunca foram declarados "ilegais", porque oficialmente não existem. E, às vezes, alguns desses "ladrões" poderosos que seu pai mencionou têm influências políticas muito importantes. Então, durante alguns anos, um ou outro exército os persegue. E isso me faz sofrer. E também tem...

– Também tem gente como o professor Gaddali – emendou Jan. – Vocês não são os únicos piratas, não é?

– Sinto que tenho uma missão, Jan – disse Pedaço de Sabre. – Mas não se preocupe. Por mais Gaddalis que o destino me traga, eu... Mas sua mãe e eu não quisemos que você fosse criado num navio de piratas, como eu e como o meu avô. Queremos que você cresça no meio de garotos como você, que aprenda tudo o que um menino normal tem que aprender! É você que vai escolher, meu filho, se vai querer continuar a carreira do seu pai. Se vai querer dedicar toda a sua vida ao mar ou fazer outra coisa! Nem eu nem sua mãe tivemos essa escolha.

– Pai, mas eu sou diferente dos outros...

– Eu sei, filho, e como. Por outro lado, todo o mundo é diferente de todo o mundo, lembre-se disso sempre.

Jan suspirou.

– Pai, "uma missão"? Que missão você tem? E a mamãe, por que não conseguiu escolher? Ela navegava com você?

– Ah, não...! – riu a mãe. – Eu...

Bateram à porta. Era a senhorita Svetlana, chamando a mãe com uma voz aguda que ressoava por toda a casa. Quando entrou na sala e viu Pedaço de Sabre, sorriu como se tivessem conversado havia apenas dez minutos.

– Svetlana... – sorriu o pirata, inclinando a cabeça.

– Pedaço de Sabre, fico feliz em vê-lo. Pessoal, e o concurso de natação das mães?

– É verdade! – Jan deu um pulo da cadeira. – Vá lá para ganhar, mãe! Você nada tão bem...

Pedaço de Sabre e a senhorita Svetlana sorriam. Amina ficou séria.

— Não. Não vai dar, de jeito nenhum. E vocês dois já deviam saber disso muito bem! Não fiquem rindo de mim!

Mas todos insistiam, virou uma espécie de brincadeira para os adultos e um jogo para Jan. Finalmente a mãe cedeu:

— Com a condição de que vocês não fiquem esperando que eu ganhe. Não treinei nada, e ando com uma dor nas costas...

Mas a senhorita Svetlana, morrendo de rir, já a arrastava para o quarto para ela trocar de roupa. Pedaço de Sabre passou a mão na cabeça do filho.

— Ah, as mulheres! Elas ainda vão lhe dar muitas surpresas na vida...

Mas Jan Plata não estava preocupado com mulheres ou com surpresas. Era a primeira vez que uma mão tão grande pousava na sua cabeça e lhe falava do futuro. E dessa maneira o futuro era um espaço muito acolhedor. Jan sorria só de imaginar que algum dia navegaria numa escuna.

Uma de verdade, como aquela que havia levado seus antepassados por todos os mares do mundo. O planeta inteiro parecia oferecer-se a ele.

Quando chegaram à angra onde se realizava o concurso, o presidente da Associação de Mães e Pais, o insigne senhor Popper, já estava instalado com seu microfone e seus alto-falantes. Feliz ou infelizmente.

— Muito boa tarde, senhoras e senhores! Bem-vindos todos à Ana de Santa Angra! Epa... Perdão, he, he, he... quero dizer, à Angra de Santa Ana, é claro...

Neste ponto, a história prefere pular as coisas insensatas desse homem e resumir a parte mais importante de seus intermináveis discursos:

— Em poucos instantes terá início a competição de natação das mães! No ano passado, foi batido um recorde de velocidade no povoado! É preciso ir até as boias amarelas, encostar a mão em cada uma delas e voltar. Depois sair da água e dar-me a mão, uma mão inocente, he, he, he...! A primeira que fizer isso vai casar comigo, he, he, he!

Houve vaias e gritos de protesto:

— He, he, he, não, pessoal, não, eu já sou casado, era brincadeira... A primeira colocada vai ganhar a medalha de prata da Associação de Mães e Pais... É de prata mas é legítima, hein? No ano que vem, se tivermos dinheiro, vamos colocar uma plaquinha de ouro, he, he, he... Mas aqui estão as concorrentes!

As mães eram mulheres atléticas que haviam sido nadadoras quando jovens, algumas delas até com troféus internacionais.

A vencedora dos três últimos anos, no entanto, era a desagradável senhora Agripina Cabret, mãe de Agustí Cabret (um rapaz mal encarado, amigo da turma de Joan Llobet). Era desagradável mas não pelo seu volume enorme, nem pela sua papada imensa, que ficava balançando da esquerda para a direita quando ela falava, como se fosse um terceiro seio. Nem pelos seus poucos cabelos, tingidos de roxo, nem pelo espantoso maiô florido que ela usava nas competições, nem pelo submarino que trazia tatuado no ombro esquerdo. Tudo isso, dependendo de como fosse encarado, podia ajudá-la a flutuar, ou a se tornar uma nadadora melhor, ou a parecer mais simpática, talvez. E tampouco era desagradável porque, depois de vencer a competição três vezes consecutivas, tinha se tornado convencida, altiva e arrogante com as outras mães.

O problema era que, por causa da sua paixão por documentários de televisão, ela tinha pretensões de cientista. Adquirira o hábito de se empanturrar de grão-de-bico e feijão-branco três dias antes da competição. Os gases que isso provocava permitiam que ela boiasse mais. E (sempre de acordo com a teoria), se durante a corrida ela deixasse escapar alguma flatulência, como esta saía pela parte posterior do corpo, a atleta ainda seria beneficiada (era como se transformar num foguete). Infelizmente, isso acontecia a cada quatro braçadas, coisa extraordinariamente desagradável para as demais concorrentes (e para a pequena fauna submarina dos arredores).

Aquele dia, dona Agripina Cabret já não conseguia segurar sua "teoria científica": com as duas mãos na barriga esférica, reclamava que queria começar logo, enquanto batia os pés pequenos na areia.

– Muito bem, então! – proclamou o senhor Popper. – Vá indo, vá indo para a linha de partida, dona Agripina, com todo o respeito, entendemos, mas vá mais para lá, caramba! He, he... peidão... quer dizer, perdão! Mas o que veem meus olhos e meus óculos, minhas queridas? Este ano quem quer ganhar a medalha de prata é a mãe de Jan Plata! Entenderam a piada? He, he... a mãe Plata... quer a prata! Boa essa... Desculpe! Vou ficar quieto! Vamos lá, então, senhoras... para a linha de partida!

Dona Amina abraçou o filho e disse:

— Estou fazendo isso por diversão, certo, Jan? Não tenho intenção de nadar depressa! Não fique zangado se essa mulher ganhar, ou qualquer outra, combinado? Depois, talvez eu aproveite para ficar nadando mais um pouquinho, já que estou na água mesmo. No fim, seu pai pode me pegar na enseadinha Plata, atrás da nossa casa. Ouviu o que eu disse, Pedaço de... Teimosia?

Ela olhava para Pedaço de Sabre de um jeito que parecia divertir muito o pirata e a senhorita Svetlana.

— Mas, Amina, nosso filho hoje cresceu alguns anos de uma vez... você não acha que seria o caso de...?

A mãe, porém, resmungando baixinho, já seguia para a linha de partida. Era uma mulher esbelta e colocara um maiô azul-marinho que deixava suas pernas ainda mais longas.

— Você vai ver como sua mãe é louca por água! — ria Pedaço de Sabre. — Quando entra no mar, não quer mais sair, pode fazer o frio que for!

— Preparaaaaadas? — gritava o senhor Popper. — Para a prata, senhoras! Preparaaaadas? Não, isso eu já disse antes... Prontas? Arrumadas?, não, arrumadas também não, que parece que eu estou dizendo que elas estão "bem arrumadas"... Jááááááá! Para a água, belas sereiazinhas, he, he, he...!

Jan havia subido nos ombros de Pedaço de Sabre para acompanhar a corrida. Sua mãe foi a única a mergulhar completamente na água. E ficou lá embaixo um bom tempo, embora a água estivesse muito fria. "Parece um peixe...", sorria

Jan. Só que, em vez de avançar, ela ficou parada. Já de início ficou em último lugar!

Dona Agripina já estava na primeira posição: suas pernas robustas a haviam projetado bem para adiante, no primeiro salto. Dona Isabel Rubio, atrás dela, ficou enjoada de repente e abandonou a corrida: dona Agripina já havia soltado uma das suas "descargas científicas"! Quando a coitada da mulher saiu da água, ajudada pelo marido, ficou cuspindo no chão e xingando:

– Que porca!

Quis reclamar com o senhor Popper, mas o marido a convenceu de que não valia a pena.

Jan gritava para a mãe.

– Vamos, mãe, mais rápido! – e a mãe parecia obedecer ao menino, pois a cada grito mergulhava de novo, ficava um tempo submersa e aparecia uns metros adiante.

– O que a mamãe está fazendo, pai?

– Não tape meus olhos, caramba! – resmungava Pedaço de Sabre, que segurava o filho pelas pernas. – Ela está fazendo o que acha que tem que fazer, Jan. Como sempre! Por isso tenho tanto orgulho dela. Você logo...

– Já sei, já sei, "eu logo vou entender"! Mas vamos, mãe, mais depressa, por favor!

Depois de alguns minutos, a mãe já havia ficado para trás, a uns cem metros da penúltima nadadora do grupo. Era óbvio que não deveria ter se inscrito na corrida. Agora Jan se arrependia de tê-la incentivado a fazer aquele papel ridículo. Naquele momento, dona Agripina, que acabava de tocar a segunda boia com uma vantagem de mais de vinte e cinco metros sobre a segunda nadadora, soltou um gemido agudo que todos conseguiram ouvir.

— Ai! A barriga! — e a água começou a ferver em volta dela.
— A barriga!

A mulher decerto tinha passado dos limites com seus experimentos científicos e agora corria o risco de ter uma congestão. A segunda nadadora parou a certa distância. As borbulhas que saíam da água produziam um cheiro muito ruim. O senhor Popper começou a fazer brincadeiras ao microfone:

— He, he, he... Vejam o que aconteceu com ela, de tanto feijão-branco que comeu! Cada feijão-branco, um bom peido e um tranco! He, he... etcétera.

Mas de repente dona Agripina parou de berrar e de soltar borbulhas e começou a afundar, embora sua papada se negasse a submergir e lutasse para ficar boiando.

— Mamãe! — ouviu-se no meio da plateia. Era Agustí Cabret, filho de dona Agripina, em pânico.

Então, a mãe de Jan Plata fez uma coisa que no pequeno povoado seria lembrada por muitos anos. Com a cabeça para fora d'água, em menos de um segundo ela percorreu os cento e cinquenta metros que a separavam de dona Agripina. Nem uma lancha a motor, nem um peixe-espada, nem um torpedo teriam feito isso tão depressa. Uma esteira de espuma permaneceu na água por um bom tempo.

Amina Plata pegou dona Agripina pela papada e, com a mesma velocidade, deixou-a a poucos metros da costa, sentada sobre o fundo de areia.

– Venham pegá-la! – ela ordenou, e afastou-se uns metros mar adentro.

Dona Agripina disse: – Oh, obrigada! Ganhei? Que bom! – soltou uma espantosa flatulência e desmaiou.

– Isso, senhoras e senhores, é realmente impressionante! – gritou o senhor Popper pelos alto-falantes. – Impressionante! Não tem quem aguente um fedor como esse! Não é de estranhar que nem ela mesma tenha conseguido... Mais impressionante ainda é a senhora Plata! O que aconteceu? Oh, venha, por favor, venha dona Tamina! Explique como fez isso! A senhora tem um motor?

Mas Amina já nadava mar adentro, agora com mais calma. Esgueirou-se por trás de umas pedras e rumou para a enseadinha Plata.

– Essa é a sua mãe, meu filho! – berrava Pedaço de Sabre. – Que mulher!

A senhorita Svetlana batia palmas e cobria a boca alternadamente. Não sabia se ria ou se ficava preocupada: – Talvez se possa dizer que ela estava experimentando uma moto subaquática... – dizia ela. – Talvez se possa dizer que...

– Essa é a sua mãe...

Jan Plata não conseguia fechar a boca, nem tirar os olhos da praia. Aquela era sua mãe? Mas, na verdade, o que era aquilo que tinha visto?

Tinha a impressão que cada onda desenhava um ponto de interrogação na areia. E as respostas, de onde viriam? Três pequenas gaivotas passeavam pela praia. De vez em quando, esfregavam as asas contra o corpo, como quem encolhe os ombros. "Bah! Não se preocupe!", pareciam dizer ao menino.

"Sempre há mais perguntas! Por isso o mar é tão rico... Por isso é tão fascinante."

Capítulo VI

Luzes da noite

Estava escurecendo e o tempo refrescava. A superfície do mar, como se estivesse cansada das atribulações do dia, tornava-se cada vez mais lisa. Com a calma da hora e a derradeira luz do dia, rosada e cálida, as perguntas adormeciam no coração de Jan Plata. Em compensação, o mundo lhe parecia infinitamente maior que no dia anterior. Estava sentado na praia, ao lado do velho Nestor.

– Ah, peixinho! – sorria o avô, enquanto sugava seu cachimbo: "Pif!, Paf!" – Para o mar não há dia nem noite! Suas águas ocupam uma parte tão grande da superfície do planeta que o lado que até há pouco recebia sol agora entra na noite e, mais além, o próprio mar acorda e se oferece ao sol de um novo dia. Para ele, sempre é de dia e sempre é de noite! Dentro dele morre continuamente uma infinidade de seres vivos, e dentro dele nasce a cada instante outra infinidade... Como devem lhe parecer pequenas as nossas preocupações...

Algumas estrelas começavam a cintilar. A oeste, já brilhava uma lua estreita, que se refletia na água.

O cachimbo do velho acendia um pequeno olho cor de laranja.

– Vovô Nestor, mas para mim são preocupações importantes. Eu não sou infinito... E para mim agora é de noite!

– Pif, pif... Quem pode saber, quem pode... às vezes, à meia-noite começa o primeiro dia de uma nova vida. A que horas começará a sair o sol que iluminará esse dia que hoje você começou a viver? À medida que escurece, a aurora do novo dia fica mais próxima...

Era complicado, para Jan, acompanhar as reflexões do avô Nestor. Às vezes o próprio velho se perdia! Nesses momentos, ele se calava, voltava a acender o cachimbo, respirava fundo e se deixava embalar pelo vaivém das ondas e pela sua voz monótona e segura.

Aquela tarde havia sido tão extraordinária quanto a manhã. Quando Jan, seu pai e a senhorita Svetlana foram buscar a mãe na enseada Plata, viram que o velho Nestor já estava lá. Estava cobrindo a mãe com um monte de toalhas. Principalmente, é claro, o enorme rabo de peixe que Amina tinha da cintura para baixo, em vez das pernas.

A mãe olhava com terror para Jan. Já de longe começou a gritar:

— Não se assuste, meu filho! Sou eu. Quando secar vou voltar a ser como você me conhece... com pernas! Sem a lua é mais difícil...

Jan ficara parado feito um poste, como se seus pés tivessem se transformado em raízes de árvore e já não conseguissem avançar pelo estreito caminho entre as pedras.

— Vamos, garoto — empurrou-o Pedaço de Sabre. — Quando tem lua, ela seca num instantinho... Você não está com medo dela, está? Pois é...! Agora você pode ver de onde vem! Nosso sangue não é igual ao dos outros, não é mesmo! Você traz o mar nas veias... Mas o que acontece, filho? Está com medo?

Não estava com medo. A mãe, quase chorando de vergonha e de pavor de que Jan ficasse zangado, cobria seu enorme rabo. Mas não adiantava: brilhante, verde-esmeralda e com todos os tons de azul, com algumas escamas que pareciam de ouro ou prata, o rabo estendia-se sobre a rocha como a cauda de um cometa. Na cintura, Amina tinha uma espécie de cinto, uma sainha de plumas curtas e brancas. Era uma lembrança que a natureza deixava nas sereias, uma lembrança de outras sereias muito mais antigas, meio pássaro meio pessoa, que dominavam o Mediterrâneo havia milhares de anos.

Jan chegou mais perto da mãe. Quando a abraçou, ela chorava:

– Perdão, Jan... Não sabíamos como lhe contar. Queríamos que você se sentisse um menino como os outros – a mãe estava com a voz um pouco mais aguda, e nos olhos, que pareciam maiores, alguns veios rosados da íris brilhavam como brasas.

– Mãe... – mas Jan sentia um cheiro antigo, conhecido, cheiro de fundo do mar e de leite materno. Renascia nele confusamente uma imagem vaga, uma noite de lua, uma mãe amamentando um bebê e nadando mar adentro, um grande barco e uma risada feliz: "Ho, ho...!" E era uma lembrança muito doce. Abraçou-se à mãe.

Depois Amina adormeceu. Debaixo das toalhas, o rabo ia encolhendo pouco a pouco. O velho Nestor a cobria com cuidado, como se fosse a filha que nunca tivera. Depois, Pedaço de Sabre e Amina foram para casa. A senhorita Svetlana também foi embora. Jan ficou com o velho Nestor, que começou a falar sobre o mar.

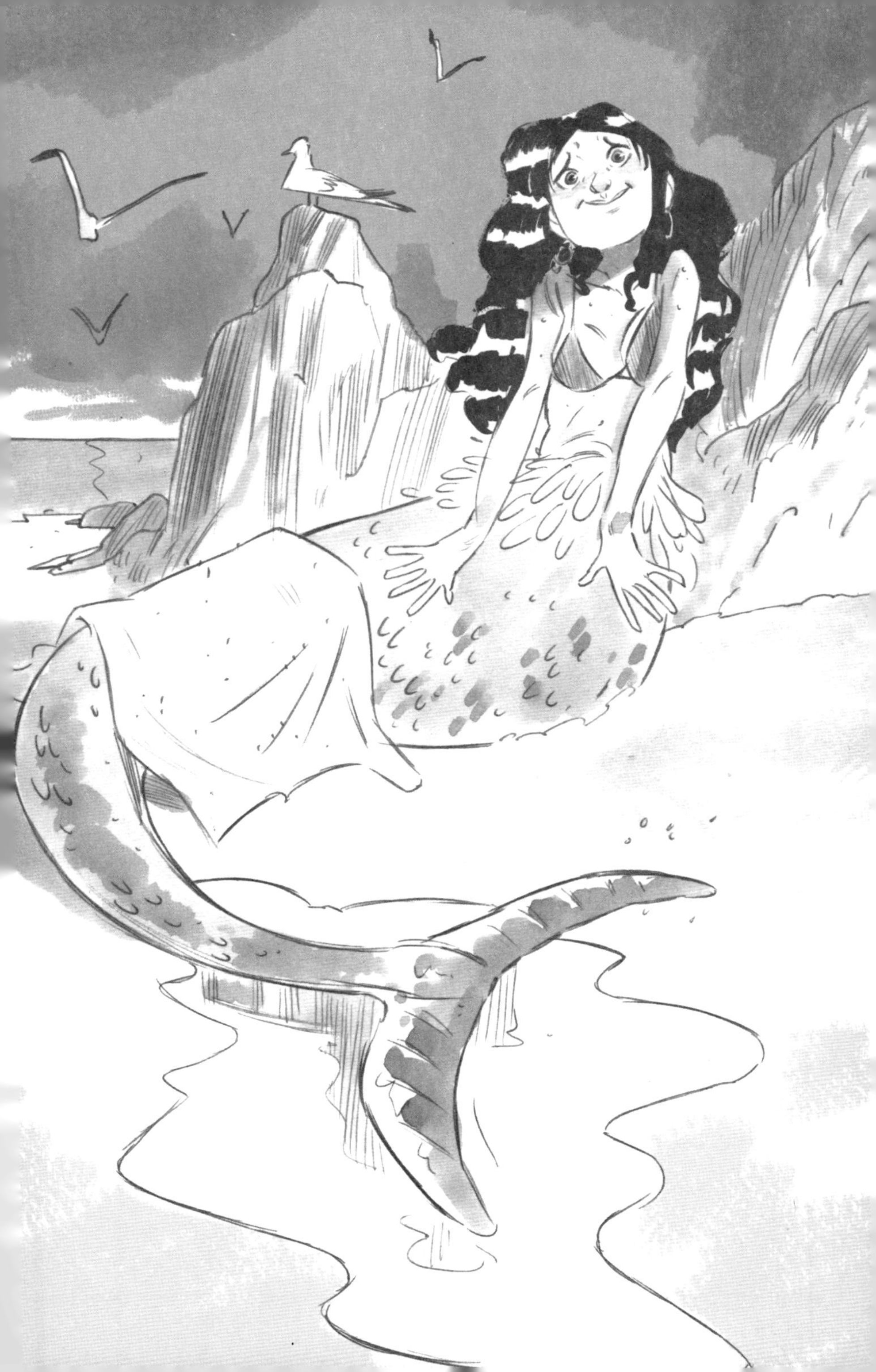

— Nestor, a senhorita Svetlana também é uma...?

— Sim, molusquinho, sim. Era preciso que na escola tivesse alguém tomando conta de você! Quando elas nadavam à noite... Você sabia que numa noite uma sereia é capaz de atravessar um oceano? Não há peixe que seja mais rápido que elas.

— Já vi isso. Então a mamãe ia buscar o papai, e contava para ele... E você?

O avô tomou fôlego e projetou para a frente o lábio de baixo.

— Eu... eu tenho navegado desde pequeno no *Estrela do Mar*. Ah... a melhor escuna... — pousou a mão na perna de Jan. — Mas agora já sou velho e preciso de algumas temporadas de repouso. E uma sereia pode precisar de ajuda, não é? Quando ela se molha, o rabo aparece e... Agora, graças a você, Jan, minha vida é mais tranquila. Já não há tempestades! Mas às vezes tenho saudade... Acho que desta vez vou abandonar você por um tempo e voltar a navegar. Seu pai não vai conseguir encontrar nem um golfinho debaixo da mesa se eu não estiver por perto para ajudar! Pif, pifff!

— E o que meu pai está procurando de tão importante?

O velho afastou o olhar. Sobre o mar, uma lua trêmula já se balançava. Sob a água, as estrelas do mar talvez contemplassem as do céu.

— Isso é ele que vai ter que lhe explicar, anchovinha. Há coisas no mar que um homem precisa resolver sozinho. Por mais que o indivíduo tente, nunca saberá explicar direito que força é essa que o afasta dos outros e o lança ao encontro dos desconfortos e da crueldade da navegação... É muito difícil! O mar significa você se afastar dos seus, das pessoas que você ama. Não é que você não pense, que não espere voltar algum dia... Seu pai sente muita falta de você.

– Você, vovô Nestor, também tem família?

O homem sugou com força seu cachimbo. A pequena brasa de tabaco resplandeceu na escuridão como um planeta pequeno demais para poder se sustentar no firmamento.

– Os meus não me esperaram. Não posso culpá-los... Ah! Às vezes ser uma pessoa como as outras é muito complicado!

Os olhos do vovô Nestor brilhavam, e Jan decidiu que era hora de voltar para casa.

– Olhe para ela – apontou o velho. – Não é maravilhosa?

Chegando silenciosamente, como se fosse um falcão marinho, ancorada na enseada como se estivesse em casa (e certamente estava, se é que um barco tem casa), havia uma escuna. Sob a lua, parecia toda de prata.

Era o *Estrela do Mar*.

– Venha, Jan! – Pedaço de Sabre vinha andando pelo caminho. Atrás dele, a mãe. – Hoje vamos jantar os três no *Estrela do Mar*!

– Precisamos conversar, pai.

– Precisamos conversar, filho.

O coração de Jan não parou mais de bater forte. Quando chegaram ao final do caminhozinho, que entrava pela água, um pequeno bote de dois remos esperava por eles.

– Valeu, Nestor! – disse Pedaço de Sabre, cumprimentando o velho, que ia para casa.

– Vou buscar umas coisas e depois vou ter com os homens, capitão!

Pedaço de Sabre ergueu Amina nos braços e a colocou no bote.

– Não vá molhar os pés, querida, senão teremos que jantar na água! – ria.

Depois ajudou Jan a pular dentro da embarcação. A mãe ainda olhava inquieta para o filho. Entendia que, mesmo sendo tão novo, ele logo teria que tomar decisões cruciais.

Pedaço de Sabre pegou os remos e tranquilamente foram até a escuna. O mar estava liso e embalava-os como se o bote fosse um berço frágil. Jan não falava. Navegar à luz da lua com um pirata e uma sereia... com seus pais!

Havia lido tantos livros, no entanto não conhecia quase nada do livro de sua vida.

Visto da água, o *Estrela do Mar* parecia um barco altíssimo. Apesar da pouca luz, era a nave mais limpa e colorida (pretos, vermelhos, brancos, dourados...) que devia existir. Os ferros, até mesmo as bocas dos canhões à vista (o resto deles ficava dentro das suas troneiras), reluziam com a lua. As velas, todas dobradas, eram tão brancas que daria para vê-las no meio do negrume de uma tempestade. Pedaço de Sabre deu a volta à nave inteira para que Jan pudesse contemplá-la.

A carranca de proa era uma sereia sorridente, de corpo esbelto.

– É você, mãe?

– Ah, não... Mas talvez seja uma antepassada minha... e sua. Este barco sempre foi dos Plata, e os Plata sempre foram... muito especiais! – e riu.

Na popa, sobre a grande pá do leme, havia dois canhões com ornamentos de madeira, e cinco janelas.

– Hoje vamos jantar aqui! – disse Pedaço de Sabre, apontando-lhes o lugar. As janelas lançavam sobre a água uma luz alaranjada. No alto, em azul-celeste sobre dourado, o nome: *Estrela do Mar*. E, embaixo, o mesmo nome em latim: *Stella Maris*.

– É o animal mais ligeiro, rápido e seguro do mar... – sonhava em voz alta Pedaço de Sabre. A mãe sorriu e piscou para Jan. O pai viu. – Ah, quero dizer, depois de você, minha querida! Bem, não queria dizer um animal, não, eu...

Mas os três já estavam rindo. Jan, naquele momento, estava feliz como nunca.

– E a tripulação? – perguntou Amina.

– Mandei-os para terra, esticarem as pernas. Virão mais tarde.

Amina sentiu um cheiro forte:

– Tem alguém no barco – fechou os olhos e voltou a apurar o olfato. – Nos mastros...

– Tem – sorriu Pedaço de Sabre. – Ali, na gávea do mastro principal. É Atalanta. Você já sabe que ela não gosta de conhecer gente nova nem de ir para as tavernas. Ela não quis deixar o barco sozinho. Sempre fica tomando conta...

Amarrou o bote e subiram por uma escada de corda. Desde a pequena plataforma da gávea, no alto do mastro principal, uma mão os saudou.

– Boa noite, Atalanta – respondeu Pedaço de Sabre.

– Capitão... Amina... Jan... – saudou uma voz séria e forte. Mas pertencia a uma jovem. – Está tudo em ordem, capitão.

– É descendente das amazonas que aparecem nos seus livros, Jan. Elas não se separavam de seus cavalos, e Atalanta nunca se separa do *Estrela do Mar*. Não há ninguém que atire uma flecha melhor que ela... Mas venha, venha! Vou lhe mostrar o barco. Quem sabe! Talvez algum dia...

Mas olhou para Amina, que franzia as sobrancelhas, e então se calou.

Percorreram duas vezes o barco todo, de ponta a ponta. Pedaço de Sabre ia dizendo o nome de cada madeirame, de cada corda. Jan, que achava que já sabia tudo de barcos antigos, não sabia nem a metade!

– Está vendo? O botaló do traquete, o botaló da bruja, e a longarina do gurupés... – e assim continuou, mastro por mastro e corda por corda, até chegarem ao castelo de popa.

– É nome demais, pai!

– Como assim, garoto? Isso é só no convés! Suba aqui!

E vieram as velas, as vergas, os amantilhos, e...

– Agora, vamos lá para baixo!

E vieram os camarotes e beliches, armazéns, e mais adiante as grandes cordas e o lastro, onde havia barris de água do mar para equilibrar a nau e as balas dos canhões, que não pareciam muito grandes mas pesavam muito.

Quando chegaram à mesa posta para o jantar, as velas já estavam reduzidas à metade. Mas Jan estava tão cheio de energia que ele sozinho conseguiria iluminar a sala inteira.

O jantar, ainda quente, em travessas antigas que deviam ter dois séculos, assim como os talheres e as toalhas, estava delicioso. Nada que Jan já tivesse provado antes, e quase tudo proveniente do mar: uma massa italiana muito fina e de cor preta, salpicada com uma espécie de cogumelos pequenos, que na realidade eram moluscozinhos japoneses... etcétera!

– Ah, mas que grande cozinheiro, Enopiô...! – dizia a toda hora Pedaço de Sabre.

Aos poucos a conversa foi se dirigindo para o que estava preocupando Jan.

– Não gostei de não ter tido pai. Eu me senti sozinho. E agora tudo isso é tão bonito... Mas já imagino que o *Estrela do Mar* não vai ficar muitos dias nessa enseada. Ou estou errado?

– Quando o sol sair, vamos partir – disse Pedaço de Sabre, pousando os talheres na mesa. Olhou pelas janelas. Agora era a lua que espreitava Jan Plata. Talvez ela se perguntasse: "Que menino interessante... para onde será que ele está indo?" Pedaço de Sabre continuou: – Pense no seguinte, Jan: se eu lhe disser "Em cima da mesa há um filhote de tigre", o que é que virá imediatamente na sua cabeça?

– Um filhote de tigre. Um filhote de tigre que não está aqui.

– Mas você verá um filhote de tigre. Verá aquilo que não está aqui, e por isso fará com que esteja, certo?

Jan franzia a testa, de tanto esforço para pensar. O pai continuava.

— Então, enquanto você fica pensando que eu não estou, você pensa em mim. E quer saber de uma coisa? Percebo quando você pensa em mim, e então você me faz companhia.

— Como você percebe? Eu não...

— Porque somos do mesmo sangue venenoso, lembra? — e mostrou-lhe o corte que lhe havia feito no polegar, na manhã daquele mesmo dia, quando haviam misturado seus sangues.

— Mas que veneno...?

— A liberdade, Jan! A liberdade!

O navio rangeu de leve, e Pedaço de Sabre pôs-se a divagar sobre a liberdade e sobre as madeiras que compõem um navio: árvores que foram plantadas em terra e que agora singravam um universo de água... Mas Jan queria respostas mais concretas.

— E você procura o quê, pai? Vai ter que navegar sempre? Quero dizer, quando é que vai parar? Será que algum dia vou ter um pai que se sente do meu lado e me pergunte como estão minhas notas na escola?

— Mas, filho, sua mãe me mostra todas elas...

Amina o interrompeu:

— Não, querido, não é isso que ele está perguntando. Não poderia ser mais claro! Ele perguntou "o que você procura".

Pedaço de Sabre olhou para a lua. Depois para as velas, que, embora vivas e iluminando, não podiam evitar de se consumir.

Fitou os olhos luminosos de Amina e os olhos de Jan. Tomou fôlego, respirando fundo, como se quisesse falar por muito tempo, sem parar, e disse:

— Procuro a luz da noite — e repetiu, lentamente: — A-luz-
-da-noite.

Depois ficou calado. Como Pedaço de Sabre não parecia querer falar mais, a mãe explicou que "a luz da noite" tanto podia existir como não existir. Que podia trazer uma paz infinita à pessoa que a encontrasse, e por meio dela levar a paz à humanidade inteira. Ou a loucura a quem a procurasse desesperadamente durante a vida inteira (Amina olhava Pedaço de Sabre com um olhar cheio de compaixão).

Pedaço de Sabre imaginara tê-la visto uma noite em que, ainda menino, estava de vigia na gávea do mastro do meio.

— O mar estava preto e calmo, Jan — o pai começou a explicar, olhando as próprias mãos. — O céu ameaçava tempestade, a bússola não funcionava, nenhum outro aparelho funcionava, e meu pai, o capitão, havia feito com que nos perdêssemos no oceano Índico. Ordenou a todos que dormissem por algumas horas, coisa que não fazíamos havia dois dias, pois, se houvesse tempestade, teríamos que estar preparados. Como eu era o menor, tive que ficar vigiando; descansaria durante o temporal, na cabine do capitão. Além disso, fazia uma semana que éramos perseguidos por um barco, certamente de piratas malaios. Eram cruéis. Tínhamos pouca água. A aflição de vigiar naquelas condições me fazia manter os olhos tão abertos que chegavam a doer. O mundo me parecia apenas uma mancha de petróleo no meio do oceano. E naquele momento, Jan, surgindo do âmago mais negro da noite, e vindo ao meu econtro, eu a vi: a luz da noite. Num instante, fui invadido por uma paz infinita. O medo, o terror desapareceram como cinza jogada ao vento. Meu corpo pareceu dissolver-se no mar, nas nuvens, em cada madeira deste barco. Minha respiração confundia-se com o ar, eu não tinha membros, e as pobres ideias do meu cérebro me faziam rir de tão pequenas que eram. Nada podia me afetar, Jan, porque, banhado por aquela luz, eu era o mar, o barco, a tempestade que se aproximava. Era invencível! Invencível e livre! Que sensação, meu filho...

Pedaço de Sabre falava com os olhos levantados para o teto. Ficou em pé:

– Parecia que, enquanto a luz se aproximava de mim, eu andava ao encontro dela. Caminhava sobre uma das cordas, por um trecho que ia até o mastro principal! Os homens que estavam acordados acharam que eu estava voando. Meu pai se assustou, me chamou, um dos marinheiros saltou do mastro principal até onde eu estava, me agarrou. Achavam que eu fosse sonâmbulo! Caímos na água, e eu tive a sorte de contar com a coragem daquele marinheiro, que me tirou, ileso, da água. O nome dele era Nestor... você o conhece? A luz da noite, Jan... Depois, fui descobrindo que muitos antes de mim já a procuraram. Alguns, loucos. Outros, sábios. Tenho dedicado minha vida a encontrá-la. Sinto muito, meu filho. Talvez eu seja um louco. E me dói saber que você vai sentir minha falta quando eu não estiver. Se essa minha dor servisse para aliviar a sua...

– Vamos tomar ar lá fora. Está uma noite bonita e visto daqui o povoado parece um presépio – disse a mãe de Jan.

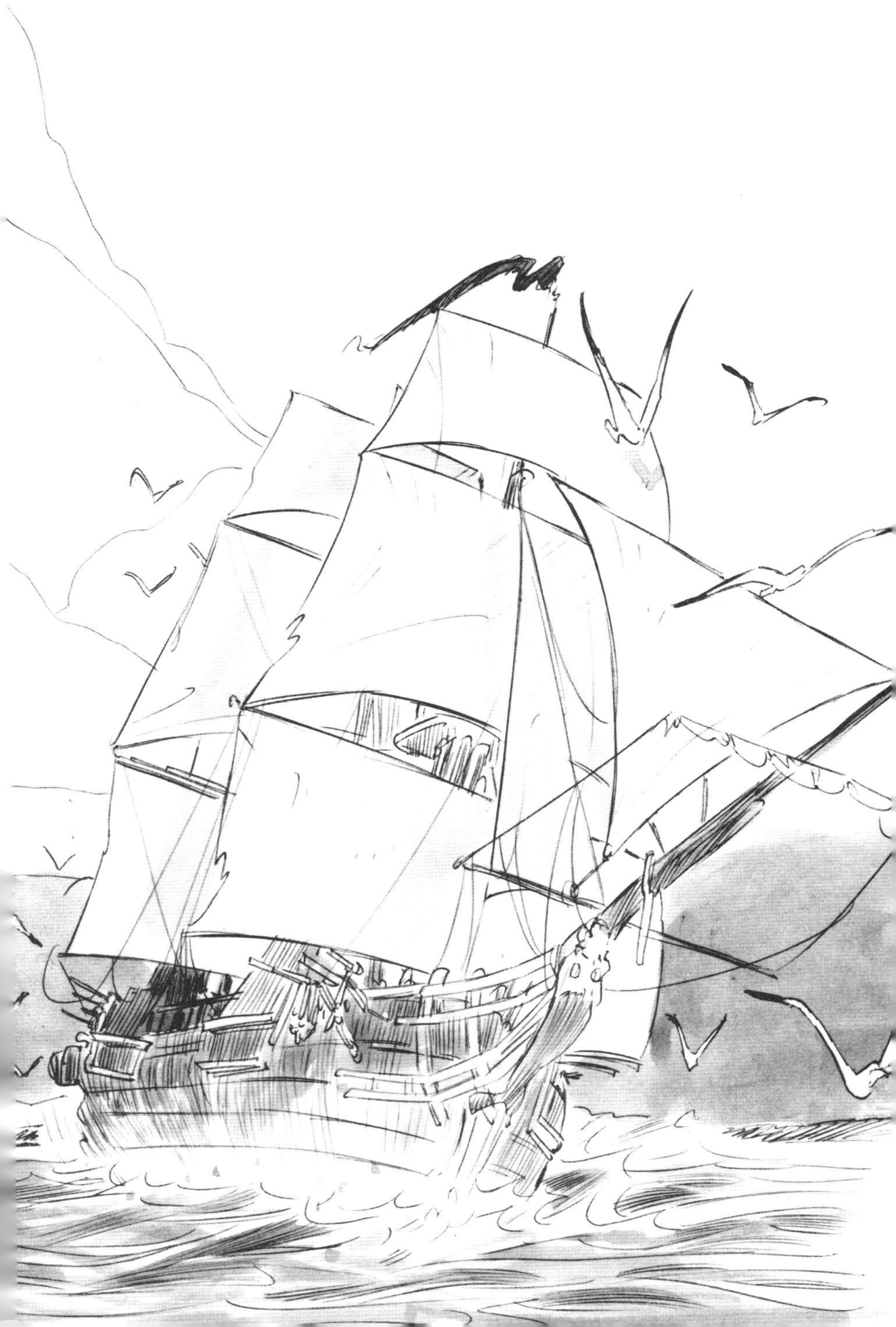

Caminhavam em silêncio. As luzinhas do povoado pareciam de brinquedo. As pessoas jantavam, ou liam, ou dormiam... O que estariam fazendo os marinheiros do *Estrela do Mar*? Jan, de repente, encarou Pedaço de Sabre.

— Pai, quero ir com você!

O homem arregalou os olhos. Olhou para Amina, que cobriu a boca com a mão.

— Meu filho... – o pirata baixou os olhos. – Ainda não...

— Jan – interrompeu a mãe. – Não tenha pressa de crescer. O dia vai chegar...

Jan não mexia um músculo do corpo. Sentia-se caminhando por uma corda estendida entre dois mundos. Cairia? Passaria para o outro lado? Recuaria?

Pedaço de Sabre quis fazer uma brincadeira.

— Além disso, você não está preparado. Só os marinheiros com muita experiência e que conseguem caminhar sobre a água sem afundar são aceitos no *Estrela do Mar*! Ho, ho! – disse ele, imitando um capitão pirata de filme de cinema.

Jan pulou na água na mesma hora. Um leve esguicho e uma mancha de espuma o engoliram. A mãe pulou atrás dele. Num segundo já estava de novo na superfície. Pedaço de Sabre, agarrado a uma corda, arregalava muito os olhos.

— Capitão! – gritou Atalanta lá da gávea.

— Tudo em ordem, Atalanta... Não se preocupe, por favor.

A mãe de Jan lhe deu um chacoalhão.

— Você ficou louco?

Abraçado a ela, mexendo os pés sob a água escura, Jan chorava. Não pelo chacoalhão, mas pela tempestade que sentia no peito.

A mãe acariciou-lhe o rosto.

– Você quer ir junto, não é?

Pedaço de Sabre, enquanto lhes estendia a escada de corda, gritou:

– Prova superada! Você tem o caráter de sua mãe!

Amina olhou Jan no fundo dos olhos e lhe disse baixinho, ao ouvido: – E a coragem do seu pai. Pode ficar orgulhoso. Mas não conte nada para ele, senão vai ficar mais convencido ainda – e os dois sorriram.

Aquela noite, o velho Nestor pela primeira vez carregou a bolsa de Jan Plata a bordo do *Estrela do Mar*. – Não vou me livrar de você, marrequinho! – brincava o velho.

A mãe escolhera a roupa para ele levar e pegara alguns livros, seus cadernos e os blocos de lições. O pai decidira que seria uma viagem curta: pensava voltar depois de exatos trinta e dois dias. Jan tinha que terminar o semestre na escola, e depois haveria outros. Ainda faltavam anos para ele decidir se queria fazer vida de marinheiro ou não.

Antes de partir ele pegou um livro, *A Ilha do Tesouro*, e deu para a mãe:

– Pode entregar para Ariadna? Eu disse que ia lhe emprestar. Depois ela me devolve, quando a gente se vir de novo. Diga para ela que..., diga para ela...

– Que você precisou acompanhar seu pai. Não precisa dizer muito, e nem muito pouco – e beijou-lhe a testa. – A gente vai se ver logo. Agora preciso dar conta de algumas coisas lá no povoado. A Svetlana e eu vamos ter que arrumar algumas explicações para o que aconteceu na corrida de natação – então, muito séria, acrescentou: – Jan, ainda há coisas que você não sabe. Não fique zangado conosco. Tudo chegará, mas a seu tempo – e não quis falar mais nada. – Vá, não posso com despedidas, nunca pude.

No pequeno bote, Jan contemplava sua casa e, diante dele, o *Estrela do Mar*. "Quem sou?", perguntava a si mesmo. Um só dia de primavera, e já havia revirado sua vida inteira. Enquanto se afastava da costa, sentia que era apenas alguém que navega num barquinho e que pergunta a si mesmo quem é. E, de repente, isso lhe pareceu a melhor coisa do mundo: o sol voltava a aparecer, e uma luz cor de mel nascia do âmago da noite. O primeiro raio do astro foi parar no olho de Jan Plata, e sua pupila suave fulgurou por um instante no meio do mar.

O horizonte sorria, e o vento da manhã começou a soprar.

– Içar velas!

CAPÍTULO VII

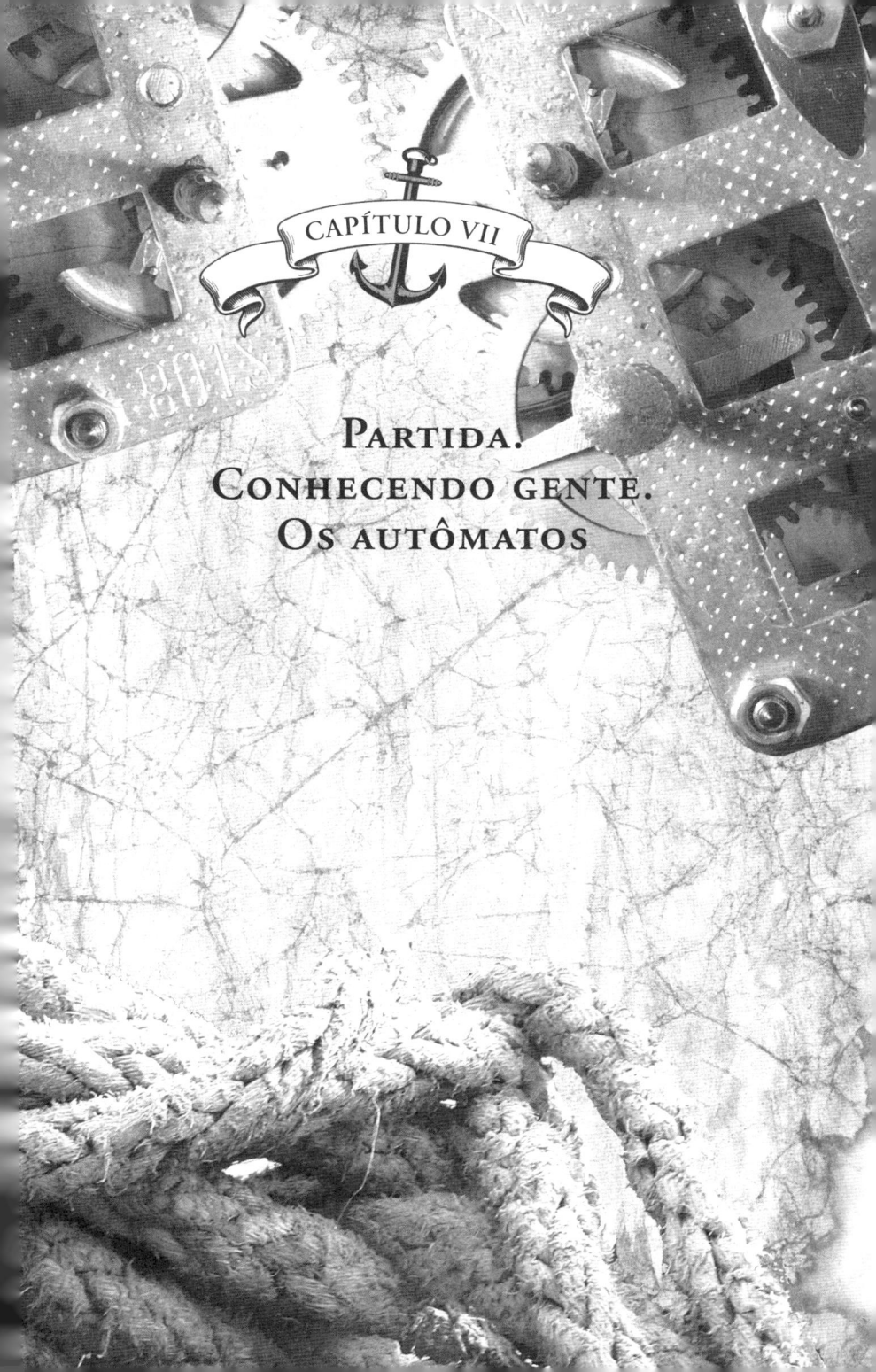

Partida.
Conhecendo gente.
Os autômatos

Durante a partida, os marinheiros mostravam-se silenciosos e especialmente concentrados. O avô Nestor, único que chegou perto de Jan num certo momento, explicou-lhe que havia uma fragata militar vindo na direção deles e que prefeririam evitá-la.

Além disso, à parte a tarefa de ter que aproveitar o vento do amanhecer, a hora da partida é sempre especial. Os marinheiros vivem esse momento com um olho no passado que estão deixando para trás e um olho no futuro que os espera. Pode ser a última vez que pisam em terra firme, caso o futuro que os aguarda seja o de se perder no fundo do mar... Isso já aconteceu tantas vezes, e um marinheiro sabe de tantos exemplos!

Já o capitão desapareceu na sua cabine depois de mostrar a Jan o pequeno canto que lhe cabia (uma rede de lona), entre os demais marinheiros. Ficava entre uma escotilha que lhe permitia ver o mar e o beliche do vovô Nestor. Além do capitão e do segundo de bordo, o velho era o único que tinha uma cama fixa.

Pedaço de Sabre trancou-se na sua cabine quando foi içada a primeira vela e só saiu de lá três dias depois. Na manhã do segundo dia, Atalanta, que vista de perto não parecia tão alta, encontrou Jan, que batia na porta do capitão.

– Não o incomode – limitou-se a dizer. Atalanta usava poucas palavras, e ria menos ainda. – Ele só sairá daí quando quiser.

O velho Nestor já havia explicado que, toda vez que partiam de um porto, Pedaço de Sabre passava três dias debruçado melancolicamente na escotilha da sua cabine, sobre os mapas, as cartas de navegação e os livros antigos, que não parava de estudar à procura de algum estranho tesouro.

– É a luz da noite – murmurou Jan.

– *Luz da Noite*? É um barco? Deve ser um barco de ouro, porque...

Jan percebeu que o capitão não havia falado a seus homens sobre a sua busca e preferiu disfarçar.

– Não, vovô Nestor. Estou perguntando quando é que vai ficar de noite.

– Mas, garoto, ainda é meio-dia! Ficou louco? Vá limpar o convés, vá, que você ainda vai se cansar de ficar sem fazer nada!

Na realidade, não paravam de lhe dar tarefas (Pedaço de Sabre devia ter ordenado que o tratassem como um aprendiz de marinheiro como todos os outros). Principalmente o segundo de bordo, que era quem comandava a nau. E, sem dúvida, com muita habilidade, pois poucas horas depois de terem zarpado já haviam despistado a fragata que os seguia. Tinham aproveitado um banco de neblina para se desviarem algumas horas rumo ao golfo de Leo.

– Bah! Era uma fragata francesa! – cuspiu o segundo.

Era um homem alto, sério, de pele muito curtida pelo sol e de barba curta, que uma cicatriz dividia em dois na bochecha esquerda. Tinha o nariz reto e duro, e suas costas largas e robustas impunham respeito a seus homens. Mas seus olhos redondos, bondosos, de expressão sempre calma, transmitiam uma espécie de paz. Sua voz era doce, com uma melodiosidade bem característica, mistura das muitas línguas que falava. Quando se avizinhava uma tempestade ou uma batalha, era ele o encarregado de acalmar a ansiedade dos homens. Em compensação, quando se fazia necessário animá-los para um ataque, era a voz de Pedaço de Sabre que acendia o fogo em cada coração.

O nome do segundo era Minos Korzeniowski. Nascera na Albânia, mas provinha, por parte de mãe, de uma família grega de navegadores que lhe haviam transmitido um amor extremado pelo mar e uma louca avidez por aventuras (seu avô materno dizia que seu nome já aparecia na *Ilíada*). E por parte de pai descendia de uma família polonesa de músicos, que lhe haviam transmitido um amor apaixonado pelo violino e uma paixão enamorada pela esgrima.

Tinha quatro tesouros que eram seus pontos cardeais: uma luneta de longo alcance, que herdara de Escila Theodora Seferia (1658-1759), a primeira mulher grega (de que se tem notícia, e sem contar as histórias mitológicas nem os livros de aventuras) que se dedicou à pirataria profissionalmente e como capitã. Foi uma mulher que, casualmente, só quis ter amantes músicos. Na verdade, morreu pouco depois de Scarlatti, Händel e Bach; mas pode ter sido apenas coincidência e talvez ela tenha morrido de tédio, pois fazia dois meses que havia abandonado a pirataria e se aposentado para cultivar umas orquídeas que chamava de "Orquídeas iogurte", ainda não se sabe por que motivo. O tesouro que havia legado ao seu descendente era uma luneta de longo alcance, que fora tocada por um relâmpago.

Desde então, era possível enxergar por ela mesmo em meio à noite mais escura.

O segundo tesouro do senhor Minos era o violino Jakob, antigo instrumento construído pelo grande Bergonzi e que pertecera ao seu antepassado Jaroslav Szczypiorsky. Szczypiorsky era o único violinista que havia vencido o grande Paganini num duelo de virtuoses, improvisando sobre as improvisações que Paganini ia fazendo... Conta-se que Paganini, ofendido, cuspira no violino de Szczypiorsky e que este, tímido e de constituição frágil, decidira que nunca mais insultaria ninguém: alistou-se, depois de passar dias procurando, no *Lula Canibal*, um navio pirata. Porque era a nave mais perigosa e de nome mais absurdo que havia encontrado. Seis anos depois, quando voltou, dominava a pistola e a faca, mas principalmente a esgrima com sabre. Havia trocado de codinome com seu amigo íntimo Korzeniowski, que também se chamava Jaroslav, como prova de gratidão por este lhe ter salvo a vida. E quem o conhecera antes afirmava que, apesar de ter trinta e nove anos, havia crescido bem uns dezoito centímetros, por causa das impressões de viagem e do ar puro. A primeira coisa que fez foi ir atrás de Paganini. Mas, quando o localizou, este já estava morto. Szczypiorsky, agora Korzeniowski, interpretou umas improvisações diabólicas a partir do *Capriccio 24* de Paganini em cima do seu túmulo. Depois cuspiu sobre a lápide e aposentou-se para sempre da pirataria e do violino, que tocava apenas em segredo.

O terceiro tesouro que o senhor Minos havia herdado era o sabre Kokoro. Tratava-se de um sabre espanhol de tanta qualidade que havia partido o grande catoná Kokoro num duelo entre Andrzej Korzeniowski e Yamamoto Sukaemon, os dois melhores esgrimistas do final do século XIX. Em sinal de respeito, Korzeniowski imediatamente presenteou seu sabre ao mestre Sukaemon. Este, por sua vez, em sinal de respeito pelo único espadachim que o havia vencido, batizou o sabre com o nome do seu estimado catoná, "Kokoro". Redigiu rapidamente um pequeno testamento numa folha de papel e suicidou-se com o sabre, praticando o harakiri ou *seppuku*. No testamento, legava Kokoro ao seu legítimo proprietário, Korzeniowski. Este ficou tão impressionado com esse gesto que guardou o sabre em casa e nunca mais combateu.

Os membros da família do segundo de bordo Minos Korzeniowski tendiam a abandonar seu ofício ou sua paixão de maneira súbita e taxativa. Com os anos, o sabre Kokoro tornou-se uma arma capaz de resistir aos golpes do sabre de Serapião, a arma de Pedaço de Sabre.

Do quarto tesouro, o norte dos quatro pontos cardeais do senhor Minos, ele quase nunca falava. Tratava-se de uma filhinha que o esperava "em algum porto do Mediterrâneo". Minos não explicava se a menina tinha mãe ou não. Sabia-se apenas que tinha os olhos negros, que amava o pai loucamente, e que era o motivo pelo qual Minos sobrevivia a todas as batalhas, catástrofes e artimanhas do destino e a razão pela qual um dia abandonaria a navegação. Por isso nunca quis ser capitão (mesmo tendo sido aprovado nos exames): não queria estar ligado a nenhuma tripulação que dependesse dele. Nunca se sabe quando um Korzeniowski abandonará para sempre aquilo que está fazendo.

Quando pensava na filha costumava pegar o velho Jakob e interpretar uma *partita* de Johann Sebastian Bach ou um dos *capricci* de Paganini. Então, no *Estrela do Mar* fazia-se um silêncio reverencial, e as gaivotas tinham permissão de passear pelo barco e sujá-lo quanto quisessem.

Talvez fosse por causa da filha que Minos dispensava uma atenção especial a Jan Plata.

– Cuidado! Segure-se bem, esse lugar é perigoso! – dizia-lhe, quando passava perto dele. Ou então tomava das suas mãos o barril de maçãs que Jan tentava levantar: – Deixe que eu faço isso, você não vai colocá-lo no lugar certo, marinheiro!

– É que o Big Sam pediu que eu...

– Quem é que manda aqui? – enfurecia-se Minos. – Eu sou o encarregado dos homens, e não aquele pedaço de merluza cozido no rum!

No quarto dia, Pedaço de Sabre apareceu na ponte de comando, feliz e risonho como se acabasse de levantar de uma boa sesta. Inspirou profundamente o ar do mar, fez alguns alongamentos e exercícios de elasticidade, ficou vinte e cinco minutos praticando uma estranha forma de *tai-chi*, soltou uma sonora ventosidade, deu um beijo no timão e chamou seus homens.

– Todos para o convés! Todos para o convés! Hoje é um grande dia!

E o senhor Minos, cinco dedos mais alto do que Pedaço de Sabre e dois palmos mais largo de ombros, repetiu, com voz mais forte ainda, porém mais amável:

– Todos para o convés! Vamos, marinheiros!

Os piratas foram chegando. Jan Plata percebeu que ainda não tinha visto todo o mundo e que ainda levaria tempo para conhecer bem todos eles. Havia até um que parecia... mas o capitão começou a falar.

– Ah, meus caros lobos do mar! Estive alguns dias ofuscado, na minha cabine. Mas já encontrei o rumo de novo! Vocês viram? Temos uma anchova que se juntou à tripulação! Pela ira dos deuses! Não quero que vocês o tratem bem! É o meu filho! É o Jan, de quem eu lhes falei tantas vezes!

Jan viu algumas cabeças fazendo que sim e outras que olhavam para ele.

– Estou muito orgulhoso dele... – Pedaço de Sabre olhou para o filho.

– É um rapaz muito trabalhador! – gritou o velho Nestor.

– Cale-se, vovô! Não me interessa a opinião de um velhinho! Com o avanço da idade, você deve ter amolecido!

Todos riram.

– É, mas ainda dou minhas mordidas, sua enguia, fique esperto! – Nestor também riu.

Alguns então responderam:

– Cuidado para não quebrar a dentadura, vovô...!

Era óbvio que todos se gostavam.

Pedaço de Sabre continuou.

– Quero que vocês sejam duros com ele. Quero que ele saiba o que é viver num barco... mesmo que seja o melhor barco do mundo!

– Hurra!

– Ele é muito novinho, capitão! – ressoou a voz do Big Sam, enorme como ele.

– E você, Sam? Quantos anos tinha quando foi criado pelos gorilas? Não sejam frouxos com ele, não me ofendam! Meu filho – ele disse, olhando para Jan. – Se um dia você for comandar o *Estrela do Mar*, primeiro terá que saber o que significa ser pirata. E terá que começar a endurecer! Enquanto estiver a bordo, terá que trabalhar duro como todos os outros. Mais até do que eles! E, nas horas vagas, terá bons professores. O velho Nestor vai lhe ensinar tudo o que é preciso saber sobre um barco! Vai lhe ensinar os nomes, os nós, a maneira de escalar e de não cair dos mastros... vai ensiná-lo a conhecer o mar. Eu vou ajudar também. O mar é como um livro do qual só se pode ler uma página por vez, mas uma página aberta ao acaso. Se você for aprendendo, pouco a pouco encontrará o sentido dessa grande história. É uma tarefa que leva anos, vidas inteiras.

Ficou alguns segundos pensativo, como o resto dos homens. Então continuou.

– Big Sam! Você é o mais forte de nós todos! Vai ensiná-lo a lutar. Veja se consegue me deixar esse filhote bem forte! Antes que a viagem termine, quero que ele seja capaz de vencer um tigre!

Big Sam, que havia sido arpoeiro do baleeiro *Acushnet*, na realidade chamava-se Makubakhk'tuk'é N'Gnanga Boniface Tekuna. Mas havia adotado o "Sam", apaixonado pelo nome de um personagem do filme *Casablanca*, a que ele assistira quarenta e sete vezes quando pequeno. Ele se destacava meio metro acima de todas as cabeças, inclusive a do senhor Minos, e tinha a largura de dois homens. Era tão preto que sua pele brilhava em tons azulados. Bateu no peito num gesto de alegria, e o golpe ressoou por todo o convés. Seu rosto bondoso sorria com orgulho, e todos em volta dele o cumprimentavam com inveja. Nunca houve uma pessoa com força tão descomunal, e havia poucos corações tão bondosos quanto o dele... quando não estava zangado. Fora criado entre os grandes gorilas da montanha, e o poder da sua fúria era, como o poder da sua alegria, incontrolável. Aquele dia estava feliz.

— E você, Esylth, vai ensiná-lo a manejar as facas, o sabre, a espada e o florete, o machado leve e a lança curta e tudo aquilo que perfure, corte ou possa ser lançado. Quando terminar essa viagem, essa pequena sardinha tem que conseguir tocar o sino de aviso com um punhal desde a outra ponta do barco, ho, ho, ho!

"O que é isso, capitão!" "Está exagerando, homem..." "Coitado do menino!", resmungavam alguns. Esylth, ao lado de Big Sam (eram amigos inseparáveis), magérrimo e alto, loiro e de pele branquíssima, com olhos de um azul mais claro que o do céu e com a expressão sempre melancólica, fez uma pequena reverência com a cabeça. Apertava os lábios, que ficaram brancos, sinal de que reprimia um sorriso de orgulho.

Esylth, o lançador de facas, homem capaz de lançar dez no tempo que dura um espirro e acertar dez moscas em voo num quarto escuro! De onde tirava os punhais? Das botas, dos cintos, da roupa, dos seus cabelos compridos e cheios de tranças, dos dentes... Arrastava uma história longa e carregada de nostalgias. Alguns asseguravam que com cada faca que lançava tentava desesperadamente cortar uma parte de seu passado.

– Mas também quero – continuou Pedaço de Sabre – que todos vocês ensinem ao garoto o melhor que vocês saibam fazer! Exceto você, Enopiô, é claro.

Todos riram de novo. Um homem baixinho e gordo, de rosto vermelhíssimo e bochechas redondas também riu. Era o cozinheiro Enopiô.

– Pode ensiná-lo a cozinhar, nisso você é o melhor. Mas não ensine o que você faz melhor ainda, ho, ho, ho!

– Beber vinho! – gritou alguém. E voltaram a rebentar de rir.

– Quanto a mim, meu filho, da minha parte, vou lhe ensinar tudo o que puder e souber...

– Hurra! – gritavam os marinheiros.

– Agora, rumo a Creta! É a sua primeira viagem, Jan! Você precisa conhecer seu primeiro monstro!

– Thalos? – adiantou-se Minos. – Senhor, não é muito...?

– Thalos? É, sim! Mas quero que esse sirizinho veja que maravilhas o mar lhe reserva! E, se for preciso, que ele mije nas calças pela primeira vez! Nem tudo acontece como nos livros de escola, Jan, você vai ver! Ho, ho, ho!

A tripulação estava contente. Não gostavam de navegar sem ter um objetivo. E se depois pudessem fundear uns dias em Creta... ah!

– Mas, capitão, é perigoso... – tentou dizer o senhor Minos.
– Senhor Minos, chega.

Jan virou-se para perguntar a alguém quem era Thalos. Mas ficou mudo e de boca aberta.

Do lado dele havia um menino.

Como havia aparecido? Na verdade, não era um menino: era um autômato do tamanho de um menino. Todo ele era metal, correias e engrenagens, brilhando ao sol. Estava tão bem polido! Seu rosto fino sorria levemente, e seus olhos pretíssimos, certamente de azeviche, pareciam atravessar o que olhavam.

O pequeno autômato cumprimentou Jan com uma pequena inclinação da cabeça. Então ouviu-se um leve rodar de engrenagens. E, aguçando as orelhas, ouvia-se um sutil tique-taque e um raspar contínuo que vinham do peito do autômato.

Era Leonardo. Falava pouco e funcionava a corda, que era preciso dar todo dia à meia-noite com a chavinha que o próprio Leonardo trazia pendurada no pescoço. Era a maneira mais segura de não perdê-la: Leonardo nunca perdia nada.

Pela fina fresta que havia entre seus lábios saiu uma vozinha suave.

– Thalos é um autômato – ouviu-se de uma outra engrenagem. – Como Leonardo. O nome de mim é Leonardo – outra engrenagem. – Bem-vindo a bordo, Jan.

– Como você sabe quem eu sou? Quero dizer...

O autômato fez outra leve inclinação de cabeça:

– Papai explicou tudo para Leonardo.

E estendeu a mão para cumprimentar Jan, que a segurou. Era uma mãozinha delicada e fria, toda articulações, parafusos e movimentos um pouco bruscos, mas de toque suave.

Leonardo era filho do engenheiro Dédalus Vinividi, que se apressou em se apresentar a Jan. A bordo do *Estrela do Mar*, aquele velhinho de longos bigodes brancos acabara se tornando alguém imprescindível. Fora contratado como mestre de armas, mas resolvia e inventava o que fosse preciso a cada momento, com os materiais que tivesse à mão. Já os havia salvo tantas vezes! As lendas que corriam entre os marinheiros garantiam que, se fosse necessário, ele seria capaz de fazer o *Estrela do Mar* voar.

Fascinado desde pequeno pelo grande Leonardo da Vinci e pelos grandes inventores da antiguidade (na realidade chamava-se Icárius Vinividi, mas mudara de nome em homenagem a Dédalo, o mítico inventor e engenheiro), apaixonou-se perdidamente por Leonora Mc'Boulty de Fresán, estudante de engenharia aeronáutica que conheceu na Universidade de Florença.

Viveram um amor intenso, que durou trinta e três dias, durante os quais chegaram a dar-se de presente dezesseis inventos (ele sete, ela, nove), vinte e três fórmulas secretas e cinco ferramentas únicas no mundo. Ele pediu a mão dela em casamento num dia 27 de abril, com uma flor mecânica que falava. Ela, no mesmo dia 27, deu-lhe de presente um anel que respondia sim e que só aceitava o dedo do jovem Dédalus.

Naquela noite foram felizes e amaram-se, imaginando, nus, que sua cama era o coração de uma grande peça de relojoaria, o universo.

No dia seguinte, 28 de abril, a válvula de um automóvel falhou. O motorista girou o volante bruscamente. Um segundo automóvel quis se desviar do primeiro, mas houve uma falha num coxim da direção e no fluido de freio, que havia vazado todo por causa de uma válvula defeituosa. O automóvel perdeu o controle e atropelou mortalmente uma jovem: era Leonora Mc'Boulty de Fresán.

Antes de morrer nos braços de Dédalus, ela lhe disse:

— Sinto muito, não vamos envelhecer juntos e não lhe terei dado nenhum filho. Mas estava construindo um para você... Os desenhos estão na minha escrivaninha, debaixo das suas cartas de amor e das microscópicas chaves de fenda de platina. Amor meu, se puder, não o esquecerei.

— Leonora...

Dédalus jurou que nunca mais dirigiria um carro e que construiria o filhinho que Leonora havia começado a inventar.

Os desenhos eram poucos e inacabados. Mas o rosto estava bem desenhado, delicado e bonito. Lembrava um pouco o de sua mãe, Leonora.

Era o rosto do pequeno Leonardo, que agora olhava para Jan. Seria curiosidade, aquilo que parecia transparecer daqueles dois olhos negros? Era impossível, claro, mas...

O autômato voltou a falar com sua voz um pouco monótona.

– Thalos é um autômato como Leonardo – ruído de engrenagens. – Mas ele é gigante. Dá medo.

– Você tem medo dele...? – perguntou Jan.

O autômato inclinou a cabeça para a esquerda como se raciocinasse e concluísse que um autômato não pode ter medo.

– É gigante – disse por fim. – Afunda navios.

Jan colocou uma mão nas costas dele. Pareceu-lhe que as engrenagens haviam tido um frêmito. O corpinho de Leonardo deu um pequeno solavanco, quase imperceptível, como se tivessse ficado surpreso com alguma coisa.

CAPÍTULO VIII

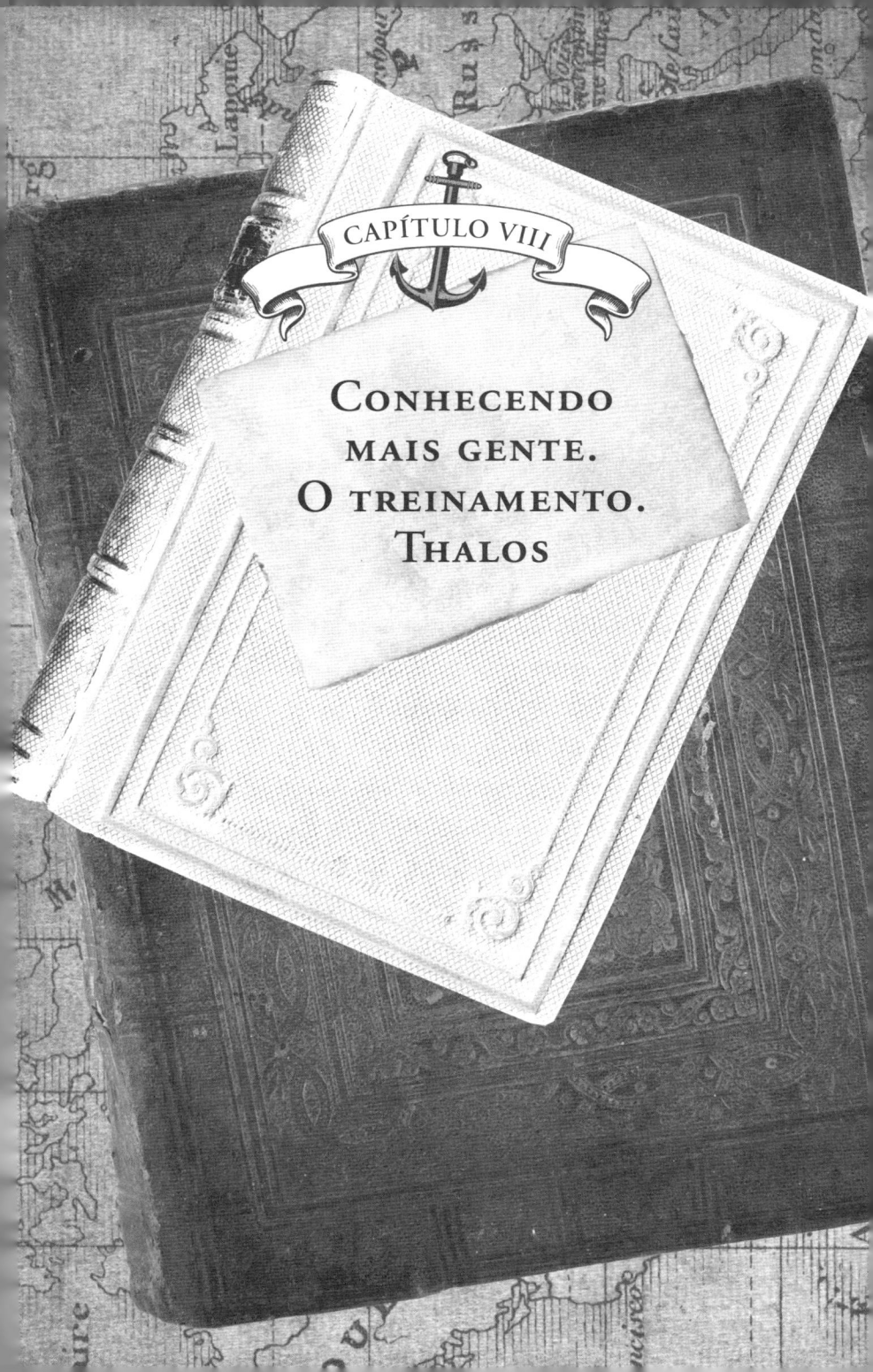

Conhecendo mais gente. O treinamento. Thalos

Leonardo logo se revelou um excelente desenhista. Com um lápis ou uma caneta na mão, reproduzia sobre o papel paisagens, rostos, barcos, nuvens ou animais em muito pouco tempo e com uma fidelidade extraordinária.

– Parecem fotografias! – exclamava Jan.

– Não é maravilhoso? – orgulhava-se Dédalus, alisando o bigode. – Ele não pode inventar, pobrezinho, mas tem a segurança de uma máquina!

De qualquer modo, Dédalus nem sempre acertava. Num dos desenhos que Leonardo deu de presente a Jan, de uma paisagem marinha cheia de nuvens, havia dois pássaros voando juntos.

– Passaram dois pássaros enquanto você desenhava? – surpreendeu-se Jan.

Leonardo olhou para o horizonte e abaixou um pouco a cabeça.

– Não – ouviram-se as engrenagens. – Leonardo desenhou. São albatrozes. Solitários. Pássaros amigos – ouviu-se de novo a maquinaria. Então o autômato tapou os dois olhos com as mãozinhas e acrescentou: – São amigos como Jan e Leonardo.

Jan sentiu um calor no peito:

– Leonardo!

Jan abraçou o autômato. Leonardo levantou, coçou a cabeça e bateu as mãos duas vezes. Parecia desconcertado. Pediu:

– Ponha Leonardo na posição de "Trabalho", por favor – e virou-se de costas. A posição de "Trabalho" era uma das opções de uma chaveta que Leonardo tinha no meio das costas.

Havia quatro posições: "Normal", "Trabalho", "Combate" e "Conversa".

– E, se eu colocar você em "Combate", o que acontece?

– Leonardo não gosta de Leonardo em posição de "Combate" – disse Leonardo. – Estraga as coisas.

"Cleque!" ouviu-se quando Jan girou a chaveta. Leonardo foi lavar o convés. Jan suspirou. Talvez tivesse arrumado um amigo.

Naqueles dias Jan Plata conheceu o restante da tripulação. Pedaço de Sabre e ele faziam apenas o lanche juntos (sempre com chá chinês e os doces refinados que Enopiô preparava). Então o pai lhe perguntava sobre cada detalhe e cada episódio. As demais refeições, Jan tinha que fazer com os outros marinheiros. Pedaço de Sabre não queria privilégios a bordo.

Entre os navegantes havia gente de todos os lugares e de todo tipo. Além dos já citados, havia Isop, que, segundo diziam os marinheiros, era imortal. Isso não estava demonstrado, mas, como ele mesmo dizia com sua cara divertida e feliz, "o certo é que em toda a minha vida jamais me mataram!", o que era cientificamente correto. Sempre que podia, ficava contando todo tipo de fábulas e anedotas, e seu insulto preferido era: "Esse aí passou tanto tempo no banheiro que cagou o cérebro! Teria feito melhor se tivesse lido uns livros, em vez de usá-los para limpar o...", etcétera.

Tinha sido encarregado de contar todo dia uma fábula para Jan. Depois a comentavam durante cerca de quarenta e cinco minutos, ou até que Isop considerasse que o menino já havia refletido bastante sobre ela. Então Isop lhe ensinava alguns de seus insultos preferidos, com a condição de que Pedaço de Sabre não ficasse sabendo de onde Jan havia tirado aquelas expressões tão grosseiras.

Havia também Atalanta, que Jan Plata já vira na primeira noite no barco. Seu pai, um guerreiro sármata, a abandonara no bosque quando ela nascera, porque era uma menina e não um pequeno guerreiro, como ele pedira aos deuses. Tinha sido criada por uma ursa, que a amamentara. Depois de alguns anos, Atalanta se tornou o animal mais veloz e o caçador mais eficaz do bosque. Aprendeu a atirar com arco com uns caçadores que a encontraram. Na verdade, aprendeu tão bem que se tornou infalível. Era capaz de atirar uma flecha e depois outra, com tanta força que a segunda alcançava a primeira e a partia ao meio. Quando caíam no chão, a flecha inteira havia trespassado um pato, e os dois fragmentos, uma perdiz cada um.

Durante um tempo lutou ao lado das amazonas, que lhe ensinaram a arte de cavalgar. Era chamada de "a Leoa". Ela, que de bebê abandonado se transformara em caçadora e leoa, decidira ser "Atalanta", e só. Procurou os pais. Quando os encontrou, beijou a mãe, cuspiu no rosto do pai por tê-la abandonado, deu-lhes de presente todos os tesouros que as amazonas lhe haviam dado e foi correr mundo apenas com seu arco. Expulsa do berço quando pequena, nunca mais teve uma pátria fixa.

O *Estrela do Mar*, o capitão Pedaço de Sabre e alguns membros da tripulação eram sua pátria. Não gostava de conhecer gente nova e, quando aportavam e os homens iam para a taverna, costumava ficar a bordo sob o pretexto de vigiar o barco. Certa vez passou três anos e cento e vinte dias sem pisar em terra firme. Tinha visto um imortal morrer.

Chamava-se Bartholomew Endymion Qüits, era alto, magro, muito fraco, tossia com frequência e tinha olhos azuis enormes, com os quais devorava o mundo, o céu inteiro, as estrelas e a noite. Era apaixonado pelo universo: era um poeta. Certa vez passou vinte e uma noites fazendo um poema à lua cheia, que durante esse tempo todo não minguou. Também não cresceram a barba, as unhas nem os cabelos do jovem Qüits. Os astrônomos escreveram muitas páginas sobre a "lua-eterna-de-21-dias", mas nenhuma muito interessante. Qüits entendeu que se tornara imortal, mas não escreveu uma só linha sobre isso, pois achou que não valia a pena. Sorriu: agora talvez tivesse tempo para escrever todos os versos que havia sonhado.

Viajava sempre. Queria conhecer a vida centímetro por centímetro. Buscava os outonos, recordavam-lhe a beleza da passagem do tempo, que era uma coisa que ele via mas já não podia sentir.

Numa ilha do oceano Índico conheceu o amor: ela morreu nos seus braços, dois segundos depois de terem se encontrado. Tiveram tempo apenas de trocar quatro palavras:

– Qual o seu nome? – perguntou ele.

– Atalanta – respondeu ela, e fechou os olhos. Atalanta (que tinha autorização de Pedaço de Sabre para treinar por alguns dias sozinha na ilha) havia saltado sobre Qüits para salvar-lhe a vida. O sol se punha, e era lua cheia. O jovem poeta estava quieto, escrevendo seu poema *A serpente*, enquanto observava a mais perigosa de todas, a "Mandrágora Letífica Esquelética": cheirar seu veneno era suficiente para causar morte segura e dolorosa. A serpente o envolvera, mas ele continuava extasiado, contemplando os infinitos reflexos da luz sobre as escamas do ofídio. Sobre cada escama uma manchinha lembrava o crânio de um animal diferente. A serpente abriu a boca, queria morder-lhe o pescoço.

Uma flecha ricocheteou no crânio do animal. As escamas da Mandrágora Letífica Esquelética eram invulneráveis! Qüits teve tempo de ver a mulher mais linda do mundo se jogando sobre ele, como um tigre. Quis avisá-la de que não era preciso, pois ele era imortal, mas com o susto teve um ataque de tosse e suas palavras foram sufocadas pela saliva.

Atalanta abriu a boca da Mandrágora com suas mãos poderosas, feriu os dedos nas presas do réptil. Jogou-o longe e lançou-se sobre Qüits para protegê-lo com seu corpo. Ele parecia tão frágil!

Qüits recebeu-a no colo, já sem respiração. Atalanta morreu envenenada. Mas sorria: nunca vira olhos tão límpidos.

Então, Bartholomew Endymion Qüits, cheio de dor pelo amor que havia conhecido apenas por dois segundos, soltou um gemido em forma de verso decassílabo. Beijou os lábios entreabertos de Atalanta e pediu à lua que cedesse à moça uma parte de sua vida imortal.

O universo inteiro pareceu parar por um segundo.

Uma estrela fugaz desenhou na lua uma lágrima de luz: breve como um verso.

Atalanta tossiu e voltou a respirar. Qüits olhou para a lua para agradecer. Já não era lua cheia, transformara-se de repente em simples quarto minguante. E o rapaz compreendeu que já não era imortal. Surpreendentemente, isso o deixou feliz.

Amaram-se durante quarenta dias. Eram tão cheios de vida que, à noite, suas peles nuas fulguravam suavemente na escuridão.

Atalanta mostrou a Qüits os segredos da caça, da espreita e da perseguição. O controle da dor e da raiva, a velocidade numa flecha ou num salto. Como não viajaram atrás de outros outonos, sozinhos na ilha, Qüits reencontrou a beleza do inverno, do frio e da quietude. Lembrou que, depois que a velha cerejeira morre, em algum lugar a primavera volta e nasce uma flor.

– Como você, depois da picada da serpente! – dizia o poeta.

– E depois do seu beijo – sorria Atalanta.

Qüits lhe falava de coisas estranhas: mostrou-lhe que a lua podia se refletir em charcos e lagos muito diferentes, mas que era sempre a mesma. Que as ondas têm duas faces, uma que brilha e outra que não brilha, e que as duas se perseguem. Mas que por baixo têm um só coração de água.

– E golfinhos! – ria Atalanta.

Atalanta não sabia escrever. Qüits recitava seus poemas para ela. Sem esforço, somente pela intensidade com que o olhava, Atalanta memorizava todos. "Vou ensiná-la a escrever!", ele prometia. Mas seu corpo fraco, agora que perdera a imortalidade, extinguia-se depressa. A tosse era cada dia mais incômoda, e ele começou a ter frio sempre.

Sabiam que logo se separariam. Atalanta arrependia-se de ter sido a causa de tudo aquilo. Qüits alegrava-se: "Conheci o amor e a força do tempo em poucas semanas. E tudo graças a você!", dizia.

Na última noite não dormiram. A lua estava alaranjada e, no céu, uma nuvem cor-de-rosa parecia perdida. Reclinado sobre Atalanta, Qüits recitava para ela seus últimos versos.

– Brilhante estrela minha! – dizia. – Antes estava enamorado da lua, mas agora você me faz mais feliz.

Quando sentiu que lhe restava um só alento, pediu a Atalanta que o beijasse: assim o final da sua história de amor rimaria com o seu início.

Atalanta conhecera, em poucos dias, toda a felicidade do mundo e toda a tristeza do universo. Como as duas faces de uma mesma onda.

Não desceu do *Estrela do Mar* por três anos e cento e vinte dias. Sempre pedia para fazer a vigia noturna. Reservava as palavras, como se fossem tesouros, para recitar de frente para a lua poemas adorados que guardava na memória.

Ela era encarregada de ensinar Jan a manejar o arco.

Amarrava uma flecha com um fio de seda finíssimo e dizia:

– Atire-a no mar. Quando a flecha cair na água, recolha-a puxando o fio.

– Até quando?

– Até que você atire tão forte que o fio se rompa e a flecha saia voando. Não se preocupe, temos um quilo de fio de seda, e isso só vai acontecer quando você tiver crescido mais um palmo. Se você fosse mulher, talvez. Mas sendo rapaz...

Toda vez que o senhor Minos Korzeniowski tocava o violino, Atalanta subia até o alto de um mastro. Nesses momentos, quem a olhasse com atenção veria deslizar por suas faces duas enormes lágrimas. Nunca ninguém se atrevera a dizer que seu pranto secreto era do conhecimento de todos.

Também viajava no barco o misterioso Ottis Sidaladis Sitto, embora nem sempre fizesse parte da tripulação. Como o seu nome, que era um palíndromo e portanto podia ser lido tanto da esquerda para a direita como da direita para a esquerda, Ottis Sidaladis Sitto vivia duas vidas. Quando estava acordado no *Estrela do Mar,* era um pirata valente e selvagem, descendente de *víkings* e especialista na luta com o enorme machado de duas lâminas. Era ruivo, peludo como um urso vermelho, bebia diariamente um pequeno barril de cerveja, xingava em sueco e só urinava diretamente no mar, nunca numa cabine ou numa privada. "Se meus antepassados me virem mijando em outro lugar, vão me maldizer!", ele gritava. quando alguém tocava no assunto. Gostava de neblina e nunca havia se rendido em batalha: uma vez trancou-se numa cabine durante quinze dias porque não conseguia terminar um quebra-cabeça que começara por acaso. Até terminá-lo não comeu nada, urinou sempre pela escotilha e tomou quinze barris de cerveja.

No entanto, quando dormia, Ottis sonhava com a vida de Sitto, sua outra vida. Sitto era japonês, pescador de atum, um homem pequeno, pálido, de cabelo liso e preto, e grande bebedor de chá verde (diluído em água mineral, que ele trazia em garrafas do seu povoado). Era amável com todo o mundo, sorria sempre, sabia tudo sobre a pesca e a culinária do atum, e não se importava em não terminar um quebra-cabeças. Toda vez que algum deles lhe oferecia resistência (isso lhe acontecia com os de quinhentas peças), dava-o de presente ao primeiro barco com que cruzasse. Só urinava sentado, sempre na mais absoluta solidão e com o banheiro trancado. Quando Sitto dormia, sonhava com a vida de Ottis.

De vez em quando, num ataque surpresa, acordavam Ottis de repente. Este, com os olhos bem fechados, ficava cerca de meia hora aterrorizado, falando em japonês que aquilo não podia ser, que devia ser um sonho.

Ottis Sidaladis Sitto sofria da doença do infinito. Por isso com frequência ficava olhando o mundo com uma expressão de infinita tristeza, como se tudo lhe parecesse parcial, inacabado, dividido e nada tivesse sentido de fato.

Ottis ensinava Jan a se defender de ataques de machado, e também lhe ensinava um monte de frases em japonês: sabia muitas de cor.

Havia muitos outros marinheiros no *Estrela do Mar*, mas há um que, por suas características estranhas, merece ser citado aqui. Era Oscar, o marinheiro fantasma. Sua morte havia sido brusca: fora atravessado por duas balas de canhão ao mesmo tempo. Foram tão rápidas que tiveram tempo de levar seu corpo, mas não seu espírito. E ele tinha um espírito valente e enérgico! Foi assim que seu fantasma acabou ficando no barco.

Todos o adoravam, e ele estava sempre disposto a ajudar. Mas desesperava-se. Transparente, com a aparência do dia em que havia morrido, inclusive a roupa, incorpóreo, nada podia machucá-lo. Só que ele também não podia tocar em nada, pegar nada, machucar ninguém. Tentava carregar sacos inutilmente, e os marinheiros, por compaixão, diziam que apenas a sua presença e seus esforços já bastavam para tornar a carga menos pesada. E ele acreditava, ou queria acreditar.

Mas era nos combates com outros barcos que ele enlouquecia de verdade. Oscar era o primeiro a saltar na abordagem: cortava, dava golpes, atirava com seu pistolão fantasma... tudo inútil. Seu corpo atravessava objetos e corpos como uma sombra. Enlouquecia de raiva e se jogava de cabeça no mar. Afirmava que um dia chegara ao centro da Terra. Mas tinha tanta imaginação, aquele Oscar, que ninguém sabia se devia ou não acreditar nele. "Traga-nos uma prova", diziam, para provocá-lo, e ele rugia de raiva.

Às vezes gracejavam com ele, fingindo que não o viam nem ouviam. Mas nesses momentos ele sofria tanto, apavorado por não ser capaz de se comunicar com ninguém, que logo paravam com a brincadeira. Faziam como se estivessem dando-lhe um tapinha nas costas (isso ele adorava) e todos riam.

Oscar ensinava a Jan a arte da espionagem e a dos movimentos silenciosos. Ao lado dele, Jan se sentia pesado como uma tartaruga e ruidoso como uma bandinha de coreto em dia de festa.

O treino mais duro, no entanto, era com Esylth e Big Sam. Além de ter que fazer a faxina toda do *Estrela do Mar...* por fora, amarrado por cordas e provido apenas de um escovão e de um balde de água com sabão (sabão em pedra), Jan precisava subir e descer dos mastros, primeiro de frente e depois de costas (coisa dificílima e pouco aconselhável); andar de olhos fechados até a ponta do gurupés; lançar a âncora e descer por ela com a respiração presa, para pescar bonitos com uma espada curta; andar de ponta-cabeça levando nos pés um balde cheio de grãos-de-bico (quando os grãos-de-bico caíam tinha que recolhê-los com dois punhais pequenos, usando-os como se fossem pauzinhos chineses); mergulhar de cabeça na água, quando havia tubarões, e voltar nadando até o barco, para subir nele apenas com a força dos dedos e sem nenhuma corda (Esylth o vigiava com as duas mãos cheias de punhais, e um dia, quando um tubarão-tigre se aproximou demais de Jan, Big Sam pulou em cima do lombo dele; o tubarão-tigre desapareceu, soltando um assobio semelhante a um miado de gato); segurar uma melancia em cada mão e equilibrar outra na cabeça, com os braços cruzados e durante vinte minutos; fazer flexões; lutar contra Big Sam (começavam com técnicas simples, como a atual placagem do rúgbi neozelandês, e acabavam com as terríveis técnicas de imobilização chinesas); treinar pontaria com punhais, estiletes, facas, garfos e até com agulhas de costura; correr atrás de Big Sam e de Esylth numa espécie de brincadeira semelhante ao pega-pega (eram tão rápidos que Jan nunca conseguiu pegá-los; como Big Sam conseguia ser tão veloz? Oscar sempre pedia para brincar, embora ele só gostasse de ser perseguido e não de correr atrás dos outros); aguentar o peso do corpo pendurado numa corda pelos dentes; etcétera!

Jan padeceu todos os tipos de ferimentos, arranhões, cortes, pancadas, torceduras, luxações... mas nunca reclamou. Logo ganhou o respeito da tripulação toda. Big Sam e Esylth gostavam dele como se fosse um irmão mais novo, e Jan ficava absolutamente feliz de treinar ao lado deles. E Pedaço de Sabre olhava o menino com muito orgulho... Dédalus Vinividi fez nele a primeira tatuagem: uma pequena estrela do mar no braço direito (Jan entendeu então o que o professor Gaddali tanto procurava no seu braço).

Uma noite, enquanto o velho Nestor fazia uma massagem nas suas pernas, doloridas por ele tentar correr por cima da água aproveitando um cardume de lúcios com o qual haviam deparado, Jan perguntou-lhe:

– Vovô Nestor, por que o papai tem o nome Pedaço de Sabre?

O velho Nestor sorriu. Adorava que lhe fizessem perguntas!

– Ah, pequeno sirizinho! A história é muito comprida e ele mesmo é que deveria lhe contar. Há coisas que ajudariam você a entender... Já reparou no sabre que o seu pai carrega? Falta um pedaço, não é? Uma lasca de uns dois dedos.

– O sabre de Serapião...

— Olhe para a água. Reparou nela por esses dias?

Jan olhou. Uma forma de peixe, um pouco maior que um golfinho, nadava ao lado do barco.

— Um golfinho!

— Não, sirizinho. Está nos acompanhando desde que você chegou. É o Serapião. Ele sabe que sua chegada pode trazer mudanças...

— Boa noite, Jan... — o rapazinho ouviu dentro da sua cabeça. Era uma voz líquida e doce, que soltava cada sílaba como se fosse uma onda suave. Era o mar que falava? Não, era Serapião. — Boa noite, Nestor... E um dos olhos do peixe, um olho que parecia humano, pela compreensão e pela bondade de sua expressão, brilhou sob a superfície da água. A lua refletia-se na pupila como um pequeno sorriso.

A voz voltou a se fazer ouvir, melancolicamente:

— Cuidado... a batalha está próxima... Jan, não confie na luz da noite, ainda não... ainda não...

E o peixão desapareceu.

— Vovô! Vovô Nestor! É...? O que é?

— Ah, merluza. É o Serapião. Pode ficar feliz! Pouca gente, pouquíssima, chegou a vê-lo com tanta clareza como você hoje. Seu sirizinho danado! É ele que tem o pedaço que falta no sabre do seu pai!

O menino se decepcionou.

— É isso que meu pai anda procurando? Um simples pedacinho de sabre?

O velho sorriu e sugou seu cachimbo, que também sorria.

– Não, filho, não! Pif, pif! Serapião está guardando o fragmento para o seu pai. Eles se conhecem bem... Na verdade, o sabre pertence a Serapião. Pif, pif, pif! Se porventura o sabre se completasse com o fragmento, quem o empunhasse seria invencível. Na verdade, certamente seria imortal...

Jan não conseguia entender muito bem.

O avô continuou.

– Pif! Mas ai de quem o possuísse. Porque se tornaria...

Uma onda gigante e escura ergueu-se de repente poucos metros adiante do barco. Era tão grande que a lua e as estrelas sumiram por trás dela.

O *Estrela do Mar* chacoalhou inteiro, o vovô Nestor caiu no chão e o cachimbo rolou para longe dele, como se estivesse fugindo.

– O sino, enguia! Toque o sino de alarme!

Mas Jan olhava para cima, petrificado. A água se abriu e dela surgiu... o que era aquilo?

– O sino! – berrava o velho Nestor, esforçando-se para conseguir levantar. – Companheiros! Combate!

Num instante, Jan se recompôs. Pegou um dos punhaizinhos que Esylth o ensinara a esconder no cinto e, tangue!, lançou-o contra o sino de alarme, que ressoou pelo barco todo como um grito.

Diante deles, afundado na água até os joelhos, estava o autômato Thalos, o gigante mecânico.

Sua cabeça, armada com um capacete imenso, aprofundava-se na noite. De longe, viam-se fulgurar dois pequenos infernos vermelhos: os olhos. O monstro levantou dois braços como duas trombas d'água. Fazia um barulho espantoso de ferragens, correias e rangidos minerais.

– Ele quer nos afundar! – gritou Pedaço de Sabre, que fora o primeiro a aparecer no convés, com o sabre na mão. – Nestor, a âncora! Vá para o traquete quando terminar! Jan, para o timão!

O monstro arremessou seus punhos como montanhas contra o barco.

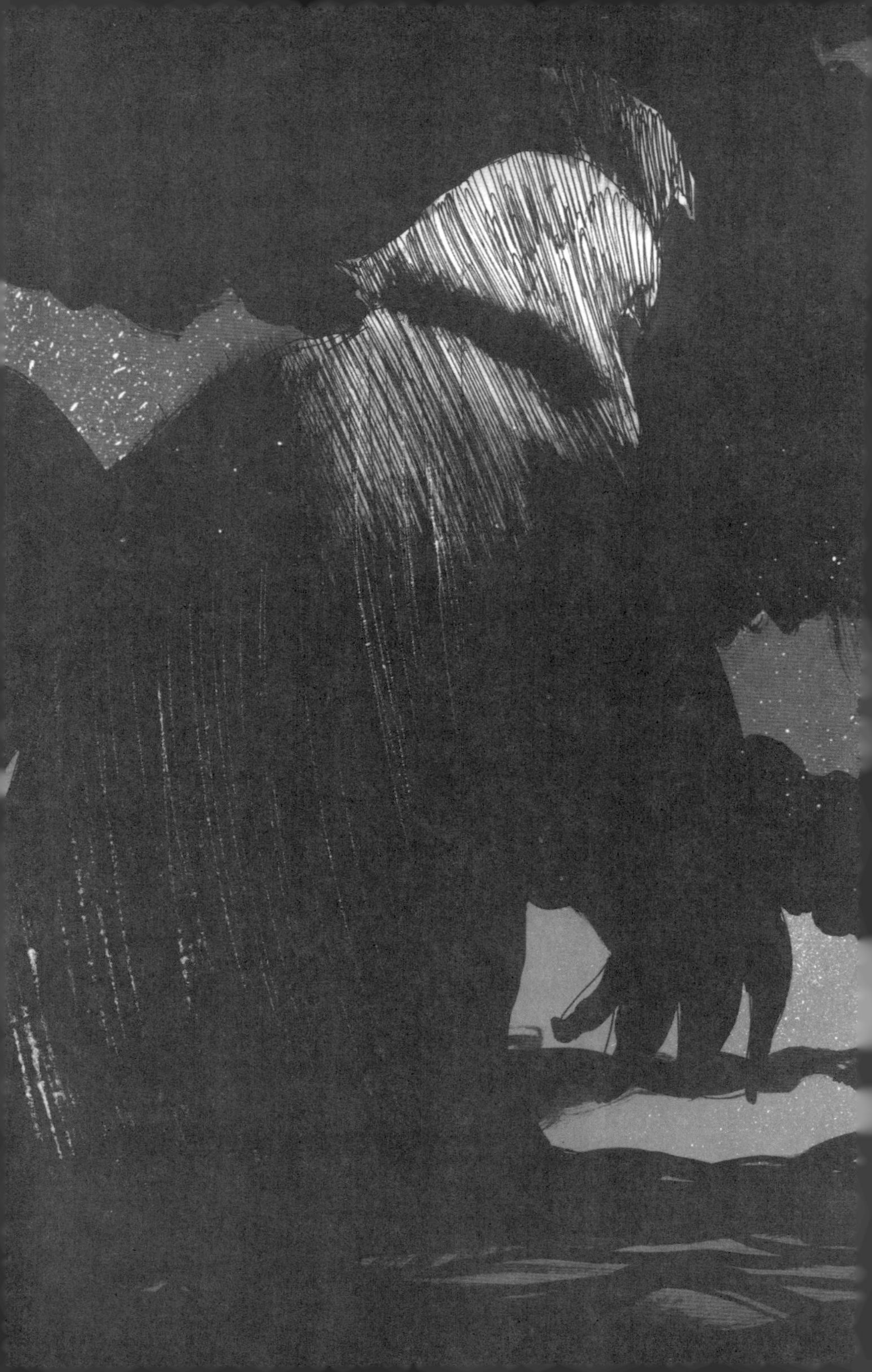

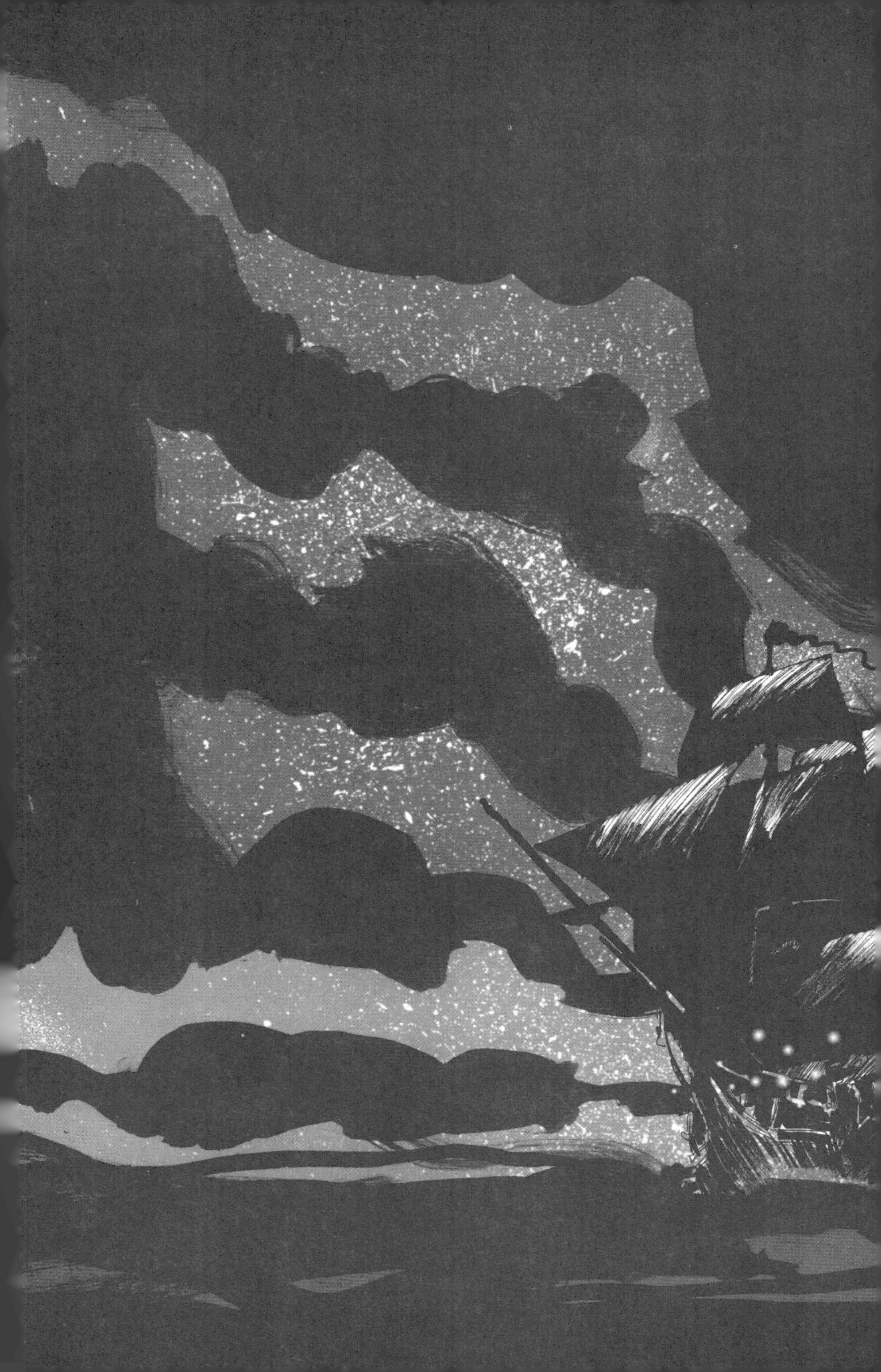

Capítulo IX

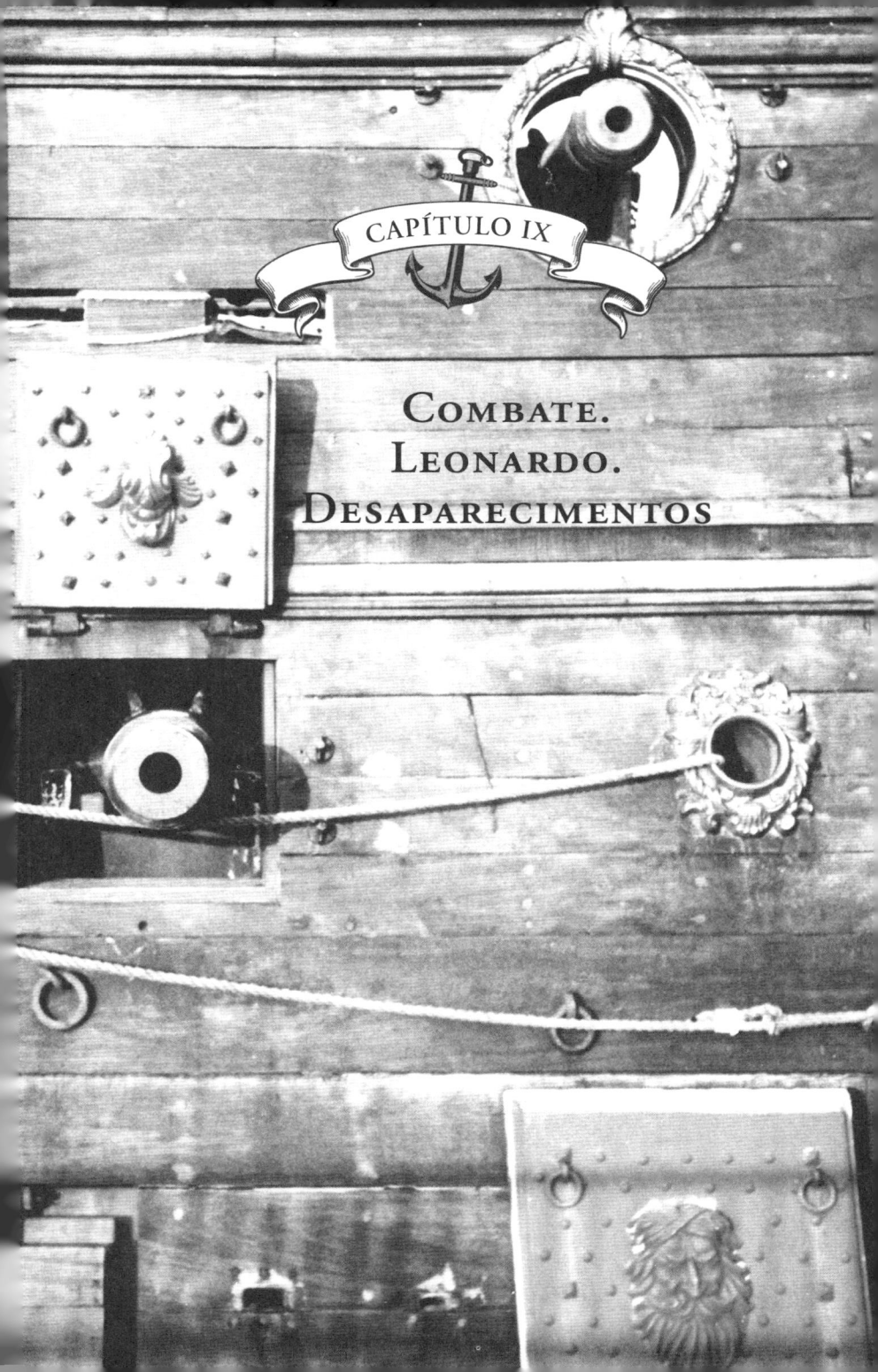

Combate.
Leonardo.
Desaparecimentos

O próprio Jan se surpreendeu com sua agilidade e rapidez ao saltar por cima de dois barris de água, um monte de cordas e uma varanda, e se plantar diante do timão.

– Para estibordo, Jan! – ordenava o capitão. Seu sabre parecia emitir luz própria. – Big Sam! Ottis! O remo de emergência!

Pedaço de Sabre ria. Nos combates sentia-se feliz.

Ottis, ainda meio dormindo, dizia algumas palavras em japonês ("Sayonara", parecia despedir-se de alguém), segurava uma estranha xicrinha de chá e tentava acordar. Um pescoção que levou de Big Sam pareceu ajudar. Entre os dois conseguiram montar um tronco enorme que serviria para fazer o barco virar de repente. Com uma só remada Big Sam conseguia fazer uma escuna avançar uns cinco metros. O capitão não parava de dar ordens.

– Atalanta, no mastro do meio! Dispare o que puder! Esylth, ao lado dela!

O senhor Minos também ia para cima e para baixo e organizava os canhões. Oscar, o marinheiro fantasma, depois de tentar inutilmente carregar uma bala, subiu até o alto do mastro principal. Se pelo menos conseguisse espantar ou confundir aquele estrupício mecânico!

O primeiro murro caiu na água, muito perto. As ondas que se levantaram fizeram o *Estrela do Mar* subir pelo lado de bombordo e quase o viraram. Jan ficou agarrado a uma corda, tinha saído em disparada. Saiu escalando como um mico. Ah, como era grato aos treinamentos!

– Isop! Para o canhão de popa! Dispare nas pernas dele! Precisamos acertar seu tornozelo!

Segundo a lenda, Thalos tinha uma veia no tornozelo. Se fosse cortada, os líquidos e as areias que moviam o gigante se escoariam e ele morreria.

Isop proferia obscenidades:

– Seu merda, sua máquina de costura! Vou lhe enfiar uma bala entre os dois cogumelos e você vai ter uma caganeira dos infernos!

E ele disparava: Pam!

Caiu outro soco. O barulho era ensurdecedor, parecia que o mundo inteiro estava afundando. A cada movimento do autômato, na água formavam-se redemoinhos que sugavam o *Estrela do Mar* para o fundo.

– Canhões! Fogo! – ordenava Pedaço de Sabre. – Virem para estibordo! Velas do traquete, para baixo! Para baixo eu disse! Timoneiro, meia a bombordo! Remo, agora! Esylth, Atalanta, o fogo grego!

Atalanta e Esylth, no alto dos mastros, acionavam uma espécie de grande besta e disparavam bolas de couro cheias de uma mistura de gasolina e alcatrão. Quando essa mistura cobriu o autômato, dispararam-lhe flechas e facas em chamas. A cabeça do estrupício pegou fogo!

O monstro levantou uma perna.

– Ele quer nos afundar!

– No tornozelo, agora! Fogo!

O monstro bufou e o fogo da sua cabeça apagou. O pé afundou selvagemente na água.

O grande remo rangia. Big Sam, Ottis e três homens mais (entre eles Oscar, que fazia o que podia) transpiravam em cima dele.

Jan Plata lutava com o timão. Quando vinha uma onda grande, era muito difícil dominá-lo.

Ouviu os delicados mecanismos de Leonardo ao seu lado:

– Thalos é poderoso. Leonardo tem uma ideia. Ponha Leonardo em posição de "Combate", e Jan obedeceu. – O *Estrela do Mar* afunda...

– O que você quer fazer?

Mas o pequeno autômato já havia subido até o lugar de onde Atalanta e Esylth disparavam.

– Disparem Leonardo com a besta até a cabeça de Thalos – disse-lhes suavemente.

Esylth hesitou, mas Atalanta, enfurecida pelo combate e rugindo como uma leoa, pegou o pequeno autômato, que pesava muito pouco, e projetou-o com a besta do fogo grego.

– Leonardo! – gritou Jan, que assistia a tudo. – Você vai cair na água! Vai se afogar!

– Não! – gemeu ao seu lado mestre Vinividi.

Mas Leonardo foi parar no peito de Thalos. Começou a se mover sobre o corpo do gigante como uma pequena aranha.

– Cuidado! Não acertem Leonardo! – ordenava Pedaço de Sabre. – Temos um homem sobre o monstro! Não disparem!

Inspirado pela ideia, Oscar voou até a cabeça de Thalos. O monstro, que não diferenciava um fantasma de um ser corpóreo, quis esmagá-lo e deu um soco na própria testa.

Big Sam atirou-lhe duas balas de canhão, uma em cada mão. Uma se desmanchou contra o pescoço do aleijão, mas a outra estourou na sua boca.

Ouviu-se um uivo como de sirene. Mas não era de dor, era de raiva. Thalos afundou na água até a cintura e abriu os braços.

– Ele quer nos esmagar! A água vai nos engolir! Retirada! A toda vela! O remo, Big Sam, o remo! Leonardo, volte! – ordenava Pedaço de Sabre.

– Leonardo, volte! – gritava Jan, desesperado. – Volte! Vamos fugir!

Rangidos, tiros, canhonaços, fumaça de pólvora, esguichos, o vapor de água que se desprendia do gigante... tudo ensurdecia e cegava... era enlouquecedor.

– Fora! – berrou Pedaço de Sabre. – Vou mergulhar! Leve o barco, senhor Minos! Vou cortar o calcanhar dessa besta mecânica!

– Rápido, capitão! – suplicava mestre Dédalus Vinividi, que não tirava os olhos do seu filho. O que o pequeno autômato estaria procurando atrás do pescoço de Thalos?

– Fujam! – ordenou Pedaço de Sabre.

– Não! – berrou de repente a vozinha potente de Leonardo. – Todo o mundo quieto!

E Thalos parou com um gemido de engrenagens.

– Não disparem! – ordenou Pedaço de Sabre.

As ondas, ainda trêmulas como a pele de um animal depois de uma luta de vida ou morte, afastavam-se do barco.

– Quietos! – repetiu Leonardo. – Leonardo achou! Thalos não é perigo!

O gigante pegou o pequeno autômato delicadamente e o depositou sobre o convés (sem querer, com o dedo mindinho, rachou duas vergas do traquete). Então sentou na água, que lhe batia nas axilas.

E começou a falar em grego antigo.

Mestre Vinividi abraçou o filhinho. Mudou-lhe a chaveta da posição de "Combate" para a posição "Normal". Leonardo estendeu sua mãozinha para Jan.

– Marinheiro! – gritou o senhor Minos. – Parabéns! O que você fez com ele, Leonardo?

– Leonardo mudou a posição do autômato – respondia pausadamente o pequeno Leonardo. – Leonardo imaginou que Thalos talvez tivesse a posição "Conversa". E ele tinha.

– Leonardo! – Jan o abraçava. – Não ficou com medo?

Leonardo fazia ouvir suas engrenaens, virava o pescoço, e dizia:

– Jan podia morrer. Pai Dédalus podia morrer. O *Estrela do Mar* podia naufragar – barulho de engrenagens. – É isso o medo?

Mestre Vinividi não conseguia acreditar. – Não sei, meu filho. Mas, com certeza, é parecido com isso. Que coração você tem! – e acrescentou: – Venha cá, vou lhe dar corda, já é meia-noite!

– Pena que a gente não entenda o que o monstro diz! – disse Enopiô, que preparava um arroz negro para todos, enquanto tomava uma garrafa de vinho grego. – É para os meus nervos! – explicava.

Mas não era verdade que ninguém entendia o monstro. Sentados na proa do barco, Isop e Pedaço de Sabre conversavam com Thalos.

O mar havia se acalmado. A meia-noite cobriu-o de constelações de estrelas que tinham nomes de heróis gregos. E Thalos explicava as histórias daqueles que ele conhecera pessoalmente.

Alguns marinheiros garantem que, quando Thalos contou como havia conhecido Jasão e os argonautas (sua versão da história era diferente da dos livros), o valente, o invencível, o brutal pirata Pedaço de Sabre desmaiou de emoção. E Isop chorou de alegria.

A lua voltou a sorrir.

E Jan Plata conheceu a paz estranha, as conversas, os abraços repentinos e sem motivo que são vividos numa nau quando chega a calma depois da batalha.

Até Atalanta, num rompante, abraçou Esylth, que ficou vermelho e sem ação. Depois, a caçadora, desconcertada pelo que havia feito, subiu no mastro principal.

Jan deitou no colo de Pedaço de Sabre. Do seu lado estava Leonardo.

– Pai, explique o que aconteceu. Tudo aconteceu tão depressa... Por que Thalos nos atacou? Por que viemos até aqui? Por quê...?

Pedaço de Sabre sorriu:

– O que aconteceu, meu filho, foi que o Jan que você conhece desapareceu. O que aconteceu foi que agora você é outro Jan. O tempo passou, com todos os seus desaparecimentos e ganhos. Aconteceu que agora você é uma batalha mais velho e uma batalha mais sábio do que há algumas horas. O que aconteceu é a vida, Jan. Como está acontecendo agora e como vai acontecer amanhã.

Confundida com a voz de Thalos, que ainda recitava suas histórias para Isop, ouvia-se a voz do mar. Suave, infinita, cada onda igual à anterior e cada onda única no universo.

CAPÍTULO X

"Não confie na luz da noite"

Os dias passaram como as gaivotas pelo céu: amáveis.

Jan Plata conheceu muitas manhãs de bonança e duas pequenas tempestades. Treinava com afinco. Logo passou a aguentar um minuto inteiro de esgrima com Pedaço de Sabre sem que sua arma fosse parar no mastro do meio (onde ficava cravada, sempre no mesmo lugar). Caminhava por cima das cordas como se tivesse nascido ali, saltava de uma para outra como se fosse um pequeno orangotango e estava consideravelmente mais robusto. Tinha a força de um diabinho, a velocidade de um esquilo, e conhecia os nomes dos ventos e das nuvens, das cores do mar e de cada uma das partes do navio. Lançava flechas, atirava facas, nadava ao lado dos golfinhos (um dia, um deles deu-lhe um beijo na bochecha)... E tinha aprendido a cozinhar a "Sopa de macarrão e algas ao *curry* com um toque de vinho do Porto", uma das especialidades secretas de Enopiô.

Teve longas conversas com Leonardo, com Big Sam e com Esylth, que lhe contaram suas histórias extraordinárias.

Aprendeu com Ottis a contemplar a metade do infinito e, com Isop, a procurar sempre a outra metade. Com Nestor aprendeu a agradecer infinitamente cada coisa aprendida e conhecida, por pequena que fosse.

Nas noites em que o pai não ficava estudando os mapas e os livros antigos, sentavam-se juntos numa das vergas do traquete, ou lá no alto, na gávea, como fazem os jovens grumetes de um barco quando querem ficar sozinhos. Então conversavam, seguiam as estrelas, contavam estrelas cadentes ou medusas fosforescentes que, como as cadentes, também passavam e desapareciam sob o *Estrela do Mar*.

Já tinham passado os trinta e dois dias que Pedaço de Sabre dissera que duraria a viagem. Era a última noite, e pai e filho estavam sentados no alto da gávea. Já tinham jantado fazia tempo. Tinham tanto assunto para conversar! O mar estava calmo, mas algumas nuvens ocultavam parte do horizonte.

– Pai, e quando você encontrar a luz da noite, o que vai fazer?

– Não sei, filho – o pai se calou por um bom tempo e depois continuou. – Talvez eu leve você e a sua mãe até... Ou quem sabe! Talvez eu descubra um caminho para que todos possam vê-la! Olhe, outra estrela cadente...

Jan respirava fundo, como se quisesse gravar no coração, no cérebro e nos ossos aquele momento de calma.

Pedaço de Sabre olhou-o e entendeu o que ele estava sentindo.

– Ainda vamos fazer muitas viagens juntos, filho, não se preocupe. O mundo não vai acabar só porque estamos voltando para casa! E sua mãe já deve estar esperando por você. Vamos dormir?

– Vou ficar aqui de vigia, pai. Diga a Atalanta que hoje ela não precisa subir.

– Tem certeza? Você aguenta até amanhecer? Essas noites calmas são traiçoeiras...

– Boa noite, capitão! – disse Jan, rindo. – Deixe-me aproveitar até o último segundo do último dia!

— Então, boa sorte, marinheiro! Vou avisar Atalanta.

Jan ficou sozinho. Sentado lá em cima, falando apenas com o mar e o firmamento, parecia-lhe que os pensamentos voavam mais livres. Uma sombra passou voando, e o seu coração sentia-se voar livre com ela. Vistos dali, como pareciam pouco importantes os pequenos problemas da escola! Carol Roseda, como estava distante das suas preocupações! E Joan Llobet! A doce Ariadna..., juntos, ele e ela dariam boas risadas quando ele contasse suas aventuras! O próprio mar, naquele momento, não parecia um livro aberto? O romance da sua vida aberto na metade. O que ele havia escrito? E as ondas que se aproximavam, vindo do horizonte, o que traziam? Voltaria a ver Serapião, o peixe mágico? E a luz da noite? O pai perseguia um nobre ideal, um sonho impossível... Será que algum dia chegaria a ver aquela luz?

Ouvia-se, como se saísse da água, uma canção antiga: era o violino do senhor Minos que, melancólico, sentia saudades de casa, de sua filhinha, ou de uma mulher que o esperava.

Jan continuava sonhando acordado. Será que algum dia surgiria, da neblina da noite, aproximando-se docemente como se tivesse esperado por ele durante uma eternidade, cada vez mais próximo, cada vez mais luminoso, um caminhozinho de luz que confortaria seu coração e lhe mostraria uma vida de paz, um universo harmônico, como aquele que seu pai vira um dia? Parou de respirar um instante. Não era a luz da noite aquilo que se aproximava? Um foco ofuscante explodia no seu rosto, e Jan ficou em pé sem se dar conta disso. A luz da noite!

Caminhou ao encontro dela. Parecia-lhe que alguém o chamava suavemente. Eram seus antepassados? Uma sereia, como um anjo, que o acolheria em seus braços macios?

Deu um pequeno salto adiante. Continuou andando, dessa vez sobre uma verga mais grossa. "Venha, filho...", ouviu. Mas e a luz, onde estava? Apagara-se de repente. E a voz que o chamava, quem era? "Pai!", pensou, e tentou chamá-lo.

Mas uma mão brutal tapou-lhe a boca com tanta força que lhe partiu o lábio. "Pai!". Meu Deus, que confusão havia aprontado ele agora? Eram homens, piratas, um outro barco!

— Desçam o pirralho daí! Icem! Fogo! Fogo! Afastem-se e afundem o *Estrela do Mar*! — rugiu uma voz rachada e poderosa que fedia a sangue meio cozido.

E uma canhonada o fez acordar de vez. Chorava de raiva! Que confusão ele havia aprontado? Outro barco se aproximara e encostara no *Estrela do Mar*. Ele devia ter adormecido, confundido uma simples lanterna com a luz da noite! E se enfiado por sua própria conta na boca do leão!

— Devem estar todos bêbados, capitão! — disse uma voz que assobiava como uma serpente. — Não havia ninguém vigiando! Só esse passarinho aqui!

E ouviram-se risadas. Jan conseguiu se livrar da mão que lhe tapava a boca.

— Soltem-me! Soltem-me, seus traidores! Meu pai vai parti-los ao meio! Pedaço de Sabre vai pegá-los e...

— Pedaço de Sabre é seu pai? — avançou o que parecia ser o capitão. Era redondo como uma barrica e quase da altura de

Big Sam. Tinha uma barba compridíssima, trançada com pequenos cartuchos de dinamite.

— É meu pai, sim, seu selvagem! — Jan Plata estava tão zangado consigo mesmo que cuspia bolhinhas de espuma amarga enquanto falava. — E vai parti-lo em pedaços como uma almôndega gigante, seu saco de batatas! Sua bolsa de carne! Seu hambúrguer!

— Parem! Não afundem o barco ainda! Já temos o sabre de Serapião... e o *Estrela do Mar*! Esse mico aí é o filho do Pedaço de Sabre!

— Hurra! — berrou a tripulação.

No *Estrela do Mar* os homens corriam para cima e para baixo. "Ataque!", ouvia-se. O sino de alarme repicava. "Estamos sendo atacados pelo *Claudator*!" Alguém gritava em japonês, Isop dizia os palavrões mais horríveis, e Jan viu Big Sam correndo com dois barris debaixo dos braços.

— Pai! — gritou. Desferiu um pontapé, conseguiu soltar os braços que o seguravam e correu para o *Estrela do Mar*. — Big Sam!

Sentiu uma pancada fortíssima na nuca. Enquanto caía no chão inconsciente, ainda viu Oscar, que tentava inutilmente segurá-lo para que não se machucasse, e ouviu a voz de Pedaço de Sabre que o chamava. Mais que um grito, era um berro de desespero: — Jan!

Depois tudo ficou escuro, um vazio sem luz nenhuma. Apenas um eco distante, a voz de Serapião: "Não confie na luz da noite... ainda não..." E um pequeno sino que soava ao longe, muito ao longe.

A traição, o remorso, o arrependimento... são um verme voraz que corrói o coração. Jan Plata estava amarrado, dependurado por uma corda sobre a água como uma linguiça, com o coração despedaçado. Sentia que havia traído seus companheiros: dormir na hora da guarda! Sonhar! Lamentava ter se julgado tão importante a ponto de achar que a luz da noite se apresentava a ele na primeira viagem. Lamentava não ter dado importância às palavras de Serapião. Os remorsos fundiam-se dolorosamente com seus pensamentos. Por sua própria conta, direto para a goela do leão! E era lá, com certeza, que ele havia chegado.

Como se sentia ridículo, pendurado daquele jeito, sem poder mexer as mãos nem os pés: uma salsicha de raiva que de vez em quando deixava cair uma lágrima inútil no mar.

A batalha terminara muito cedo.

Quando o capitão do *Claudator*, Panopli Páctol Tod, pendurou Jan Plata diante de todo o mundo, a tripulação do *Estrela do Mar* parou na mesma hora.

Pela primeira vez na vida, o capitão Pedaço de Sabre hesitou. Entre os piratas há uma norma de nunca deixar de lutar a fim de salvar alguém, nunca ceder a uma chantagem. Um prisioneiro, por sua vez, prefere morrer a ver toda a tripulação se render para poder salvá-lo. Seria uma humilhação perder uma batalha a fim de salvar apenas um homem.

E Pedaço de Sabre, que sempre ordenara o ataque em situações como aquela, agora hesitava.

Tomou fôlego, empunhou o sabre. Seus homens o olhavam, aguardavam ordens.

— Atalanta! — rugiu o capitão, sem separar os dentes. — Crave uma flecha no meu ombro esquerdo!

Atalanta nunca perguntava: uma ordem do capitão era para ser obedecida e pronto.

— E que esteja bem desinfetada! — voltou a rugir Pedaço de Sabre.

Sabia que, com o ferimento e o sangue, ficaria alucinado. Que se transformaria num animal predador, num carniceiro invencível, e que faria o que, como capitão, tinha que fazer: ordenar um ataque selvagem e devastador. Só queria ter juízo suficiente para não esquecer o filho durante a luta, para resgatá-lo antes de enfrentar o capitão Panopli Páctol Tod e parti-lo em três pedaços, um para cada um de seus nomes.

Atalanta escolheu uma das flechas desinfetadas que usava quando treinava atravessar seus músculos com flechas sem sentir dor. Disparou: direto no ombro esquerdo.

— Ataque, pai! Ataquem! — berrava Jan Plata, desesperado. — É culpa minha, eu mereço isso!

Pedaço de Sabre fechou os olhos por um momento. A flecha chegou, invisível.

– Não! – gritou o senhor Minos Korzeniowski. E com um golpe de seu sabre Kokoro desviou a flecha, que caiu na água. Estaria pensando na filha? – Capitão, desculpe! Nunca desobedeci ao senhor. Mas Jan é um menino e ainda não é da tripulação. Ainda não lhe oferecemos o jantar de boas-vindas! Não podemos abandoná-lo.

Pedaço de Sabre mordia o lábio inferior. Olhou para Nestor, para Big Sam... Todos faziam que sim com a cabeça, timidamente. Nunca ousaram desobedecer a uma ordem do capitão, mas aquele dia estavam concordando com o senhor Minos. Uma engrenagem suave e fria segurou-lhe a mão: era Leonardo, que olhava para ele com seus olhos negros. Pedaço de Sabre viu-se refletido neles.

– Ha, ha, ha! – ria o capitão Panopli. – Quer dizer que o famoso Pedaço de Sabre mandou seu filhinho para nos dar as boas-vindas! Muito agradecido, meu senhor! – e fez uma reverência que seus homens imitaram, divertidos. Quando se abaixava, os cartuchos de dinamite de sua barba repicavam uns nos outros. – E agora Pedaço de Sabre passará a ser chamado de "Sem Sabre"! E "Sem Barco"! Porque já sabe o que queremos! O sabre e o barco! Ha, ha!

O barco *Claudator* era uma invenção do multimilionário de Alexandria Panopli Páctol Tod: meio fragata de guerra do século XVIII (mais tendendo a século XIX) e meio destroier alemão da Segunda Guerra Mundial. Panopli Páctol tinha duas obsessões: a pirataria e o colecionismo. Deixava suas fábricas e seus negócios nas mãos de diretores especializados e dedicava sua vida a piratear. Os saques iam direto para a sua coleção, num imenso castelo de Liechtenstein que havia comprado com o ouro roubado durante a primeira viagem do *Claudator*.

Sua coleção preferida eram os objetos relacionados com a pirataria dos últimos quinhentos anos. Diziam que possuía corpos plastificados, como se fossem figuras de cera. Eram corpos de antigos piratas que o próprio Panopli vinha resgatando de túmulos ou navios submersos; e corpos de piratas (ou capitães ingênuos, vítimas de piratas: do *Claudator*, é claro) que ele mesmo mandara matar.

Possuir o *Estrela do Mar* era possuir o melhor barco pirata que já existira. Possuir o Pedaço de Sabre e plastificá-lo ao lado dos outros grandes capitães seria maravilhoso. E possuir o sabre de Serapião significava ser invencível: e, se pudesse reconstruí-lo totalmente, então...

– Ataque, pai! – choramingava Jan. Levou uma espetada de lança nas costas.

– Cale a boca, menino! – disse um marinheiro esquelético, extraordinariamente amarelo. O capitão Panopli havia tentado plastificá-lo, porque era o marinheiro mais grotesco que já conhecera, de tão magro e mal ajambrado. Mas tinha tão pouca gordura no corpo que os produtos químicos que a máquina lhe injetara não funcionaram. Continuou vivo, todo amarelo. Flutuava na água como uma rolha de cortiça, e seus ossos, em vez de se quebrarem, entortavam (coisa que o resto da tripulação do *Claudator* aproveitava para atirá-lo no convés lá de cima dos mastros mais altos, para rirem como loucos. "Vocês vão me estragar o marinheiro e eu não tenho outro desses!", bronqueava o capitão).

– Ataque, pai...

Pedaço de Sabre olhava seu sabre. Olhava o barco e os seus homens. Tinha que pensar em alguma coisa. Talvez se atirasse o sabre, cortasse a corda, se Big Sam saltasse no *Claudator*... Começou a sorrir.

Mas Jan Plata se antecipara a ele. Cansado de choramingar, fazia tempo que decidira não se render. Sacudia a cabeça. Esylth havia lhe dado de presente um dos finíssimos estiletes que trazia escondidos entre as tranças. Jan havia feito uma trança pequena sobre a orelha (Leonardo o ajudara, com suas mãozinhas finas). Escondera a arma ali, como lhe ensinara o atirador de facas. Reproduziu os gestos que fizera mil vezes durante os treinamentos. Um golpe seco de cabeça e, velozmente, com os dentes, nhaque, pegou o estilete. Muito lentamente, com movimentos curtos da boca, cortou a corda que lhe prendia o pescoço por trás.

Podia se mexer! Cortou as cordas do ombro esquerdo. Estava coberto de cordas, mas a cada fragmento que cortava caíam duas, às vezes três. Fechava os olhos de medo de que algum marinheiro (o amarelo, por exemplo, que parecia encarregado de vigiá-lo) o descobrisse.

– Oscar... – chamou baixinho. Um segundo depois já sentiu a presença fria do fantasma ao seu lado. – Vá lá, faça-se invisível na ponte de comando. Preciso de tempo!

Oscar desapareceu.

Depois de um tempo ouviu-se um grito lancinante, e o timoneiro caía sem sentidos. Ao seu lado, um esqueleto descomunal abria a boca como se quisesse devorar os marinheiros um por um. Pelos olhos vazados saíam pequenas enguias que cuspiam um líquido preto. Era Oscar, num de seus números de teatro prediletos: "O espírito de pirata com enguias em vez de cérebro" tamanho XXL (ele tinha três tamanhos diferentes, mas para a ocasião escolhera o tamanho maior).

Esylth não demorou a entender. Com um ligeiro golpe de mão, atirou quatro facas de cristal que conseguiram acabar de desamarrar Jan.

Pedaço de Sabre, atento, tentou distrair ainda mais a atenção dos outros piratas.

– Quer o sabre de Serapião, Panostis?

– Panopli, capitão, meu nome é Panopli! Panopli Páctol Tod! – bufou o outro. Estava inchado como um sapo. – Lembre-se bem do meu nome! Sou o homem que vai acabar com você! O homem que vai plastificá-lo!

– Então, tome! Pegue-o no fundo do mar.

Ergueu o sabre acima da cabeça, para que todos pudessem vê-lo bem, e o jogou na água.

– Capitão! – correu Minos. – Perdeu o juízo?

CAPÍTULO XI

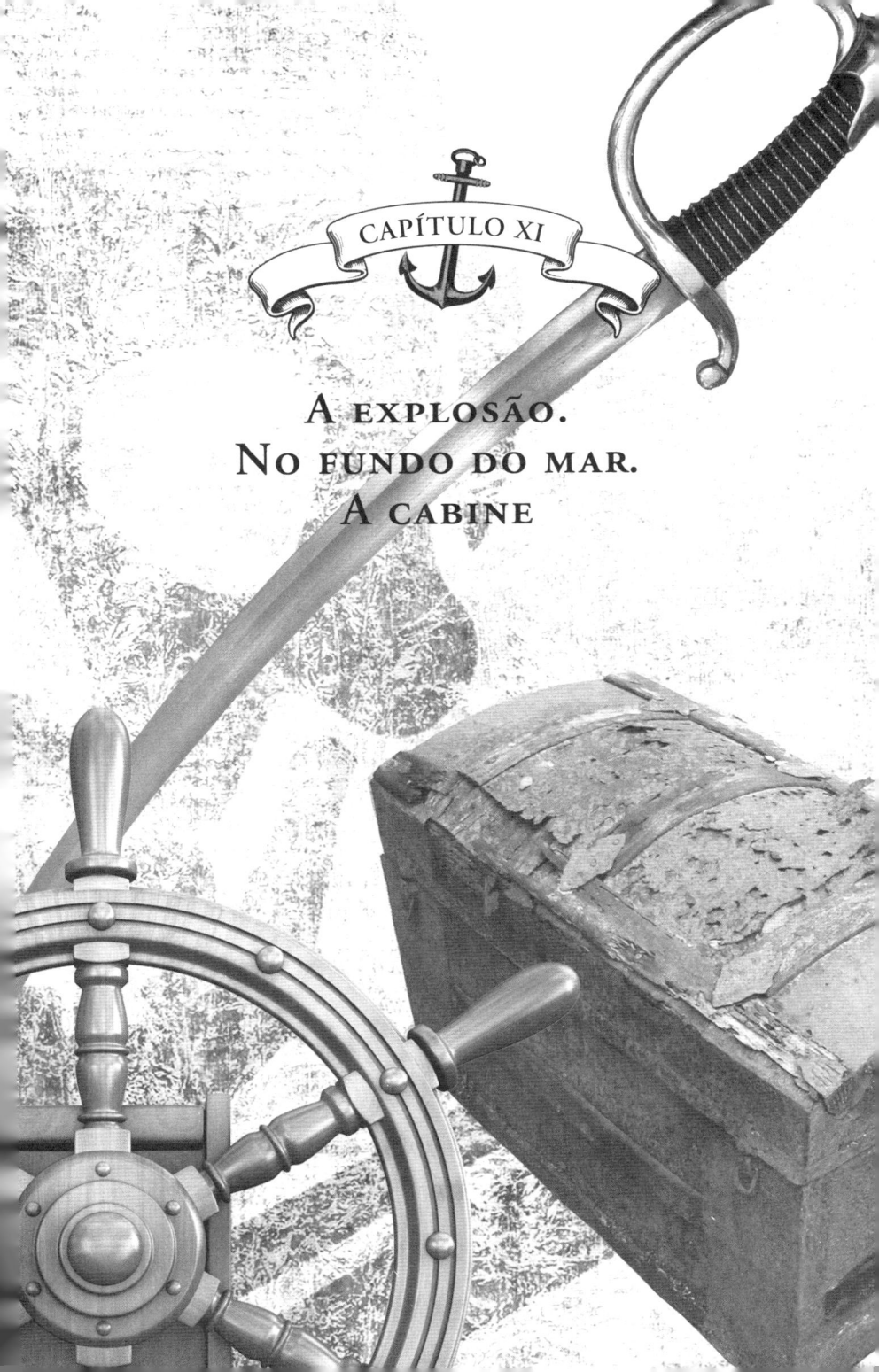

A explosão.
No fundo do mar.
A cabine

— Não se preocupe, Minos — cochichou Pedaço de Sabre, sem mexer um fio da barba. — É a cópia que o mestre Vinividi fez para mim.

— O menino fugiu! — lamentou-se de repente, com voz de pistom de carnaval, o marinheiro amarelo.

— Então, abordaaar! — berrou Pedaço de Sabre.

Mas o *Claudator* emitiu uma espécie de explosão abafada, como a batida de um tambor imenso, que ensurdeceu todas as orelhas. Era alguma arma nova, um dos inventos dos engenheiros de Panopli Páctol Tod. Uma força magnética brutal empurrou para trás o *Estrela do Mar,* separando em cerca de cinco metros os dois barcos que, por causa da inércia, continuavam se afastando.

— Maldito seja, Pedaço de Sabre! Estou com seu filho! Era isso que você queria? — gritava enfurecido o capitão Panopli etcétera pelos microfones do barco. — Mas não se preocupe... Vou devolvê-lo... plastificado! Plastificado! Jogue aqui o seu sabre ou vou transformar seu filho num boneco desmontável e afundar vocês com meu canhão de partículas subatômicas!

O milionário Panopli era fabricante de armas (assim fizera boa parte da sua fortuna) e possuía as mais modernas.

A voz de Jan Plata se fez ouvir.

— Não, pai! Confie em mim! Se eu não me sair bem, me perdoe! Perdoe-me por ter falhado com você! Mas fui muito feliz!

Escalando, saltando e se esquivando, Jan Plata havia escapulido até a sala de comando do capitão e se trancara lá dentro.

O destino quis que ali, entre espumas de proteção, encontrasse frascos de glicerina, ácido sulfúrico, ácido nítrico... O colecionador Panopli, que tinha a barba trançada com explosivos como o Barba-Negra, que se vestia como o Barba-Ruiva, bebia como o Barba-Azul, andava como o Barba-Queimada e urinava como o Barba de Ouro, tinha os ingredientes para fazer nitroglicerina à maneira clássica. Jan sorriu. A senhorita Svetlana havia ensinado a fórmula na aula de Meio Ambiente. "Será que ela sabia que poderia ser útil ao filho de um pirata?", Jan se perguntava.

– Apenas uma gota já pode fazer um tremendo estrago... Um copinho de nitroglicerina seria o suficiente para arrasar a escola inteira! – explicara a senhorita Svetlana.

– Dessa vez não vou falhar com vocês! – repetia Jan Plata pelos alto-falantes, enquanto, com muito cuidado, preparava a mistura conforme a professora lhe ensinara.

Tinha trancado a cabine por dentro. Chegou mais perto do microfone (por um momento lembrou-se do senhor Popper e sorriu; aquela manhã parecia tão longe no tempo!) e disse:

– Pai, afastem o *Estrela do Mar*! Afastem-se também... Eu fiz nitroglicerina! Vou tentar saltar! Adeus!

Fez-se um silêncio. As batidas na porta da cabine pararam.

– Moleque! – gritou Panopli Páctol. – Não vá me aprontar nenhuma barbaridade! Você vai matar todo o mundo! E se fizer isso eu...

O pequeno sino de alarme do *Estrela do Mar* começou a se fazer ouvir. Mas soava de modo diferente: monótono. Um "blém" a cada cinco segundos. Seria uma despedida? Jan abriu a porta. Trazia nas mãos o recipiente em que fizera a mistura. Caminhava bem devagar. Se apenas um respingo caísse no chão, se o líquido se agitasse demais, tudo desapareceria.

O capitão Panopli e seus homens se retiravam.

– Vá com cuidado, moleque... Deixe essa panela no chão... Ouça, eu tenho muito dinheiro. Se você quiser...

– Pulem na água! – ordenou Jan. – Meu pai vai recolhê-los! Fora daqui! O *Claudator* acabou!

Os homens começaram a fugir. O primeiro a saltar pela borda foi o marinheiro amarelo, que ficou flutuando na água como uma bolinha de pingue-pongue. De repente, o capitão Panopli se inflamou, irado.

– Seu pirralho! Nem isso é nitroglicerina nem você jamais saberia a fórmula! Peguem-no! Grogh! Pegue-o!

Mas Grogh estava saltitando incontrolavelmente sobre as ondas. Panopli Páctol Tod, cego de raiva, lançou-se sobre Jan Plata.

Jan olhou o *Estrela do Mar*. Parecia afastar-se. Deu um suspiro e jogou a nitroglicerina no convés inferior.

Pulou. Tentou pular como fazia nos treinamentos. Mas um estrondo enlouquecedor, uma explosão infernal apagaram tudo.

A grande onda o lançou no ar, para o alto, mais para o alto ainda, e para longe, para longe de tudo. Um barulho ensurdecedor sacudia seu cérebro, os gemidos da matéria explodindo eram tão agudos que pareciam cravar-se na sua pele como espinhos.

O mar silenciou.

Como parecia pequeno o *Estrela do Mar* visto dali! E Jan começou a descer.

Quando caiu na água entre pedaços de madeira e ferragens, ficou totalmente zonzo com o impacto. Não sentia braços nem pernas, e um grande cansaço o convidava a se deixar levar. Descansar lá embaixo, bem lá embaixo, no leito acolhedor que ficara esperando por ele durante a viagem inteira. Dormir, só isso.

Adormecia embaixo da água para sempre, de barriga para cima. Depois de tantos gritos, depois da explosão, o silêncio era bom. Acima dele, via a superfície da água cada vez mais longe, as pernas dos marinheiros como peixes desesperados e inábeis. Viu as sombras que se aproximavam, eram os botes de Big Sam, Nestor, Leonardo... Recolhendo os feridos, lutando com os que ainda resistiam... Aquele, em pé num bote, debruçando-se sobre a água em desespero, era o pai. Será que ele, o pequeno Jan Plata, poderia ter chegado a ser um grande capitão? Teria aprendido o suficiente, se houvesse tempo?

Virou de frente para o fundo do mar. O sono o fazia fechar os olhos. Via, através da água, as formas arredondadas que o acolhiam. Talvez fossem peixes, algas ou os sonhos dos marinheiros que caem na água, como lhe explicara o velho Nestor.

Uma velinha chegava perto dele. Uma luz que vinha da escuridão. De que cor era? Como se a escuridão tivesse se concentrado tanto a ponto de se tornar da cor de céu. Uma quentura tépida percorreu-lhe os ossos. O mundo era bom e ele flutuava no centro do universo como um pequeno bote, como uma lua no céu. Entendeu que aquele era o sonho que tinha desde pequeno e que tudo estava bem como estava. Entendeu que no final da sua curta vida havia encontrado a luz da noite. Pobre pai! Se pudesse vê-la agora!

A luz se aproximou. Jan fechou os olhos, seu oxigênio tinha acabado. Na sua frente acenderam-se dois olhinhos verdes, verdíssimos, estrelados de fios dourados.

– Jan – ouviu enquanto desmaiava. – Vamos. Sou sua irmã.

Sentiu um beijo no rosto. Sentiu que o puxavam para cima. E sentiu que, agarrado àquela mãozinha fria de menina, conseguia respirar debaixo d'água.

– Quem é você, Jan, diga? Está me ouvindo? Lembra-se de quem é?

Era a voz do seu pai, tentando acordá-lo e dando-lhe tapinhas na bochecha. Estavam na cabine de Pedaço de Sabre e atrás do capitão reuniam-se Nestor, Big Sam e outras pessoas. O pequeno Leonardo acomodou-se como uma bolinha na cabeceira da cama, sentado ao lado do amigo.

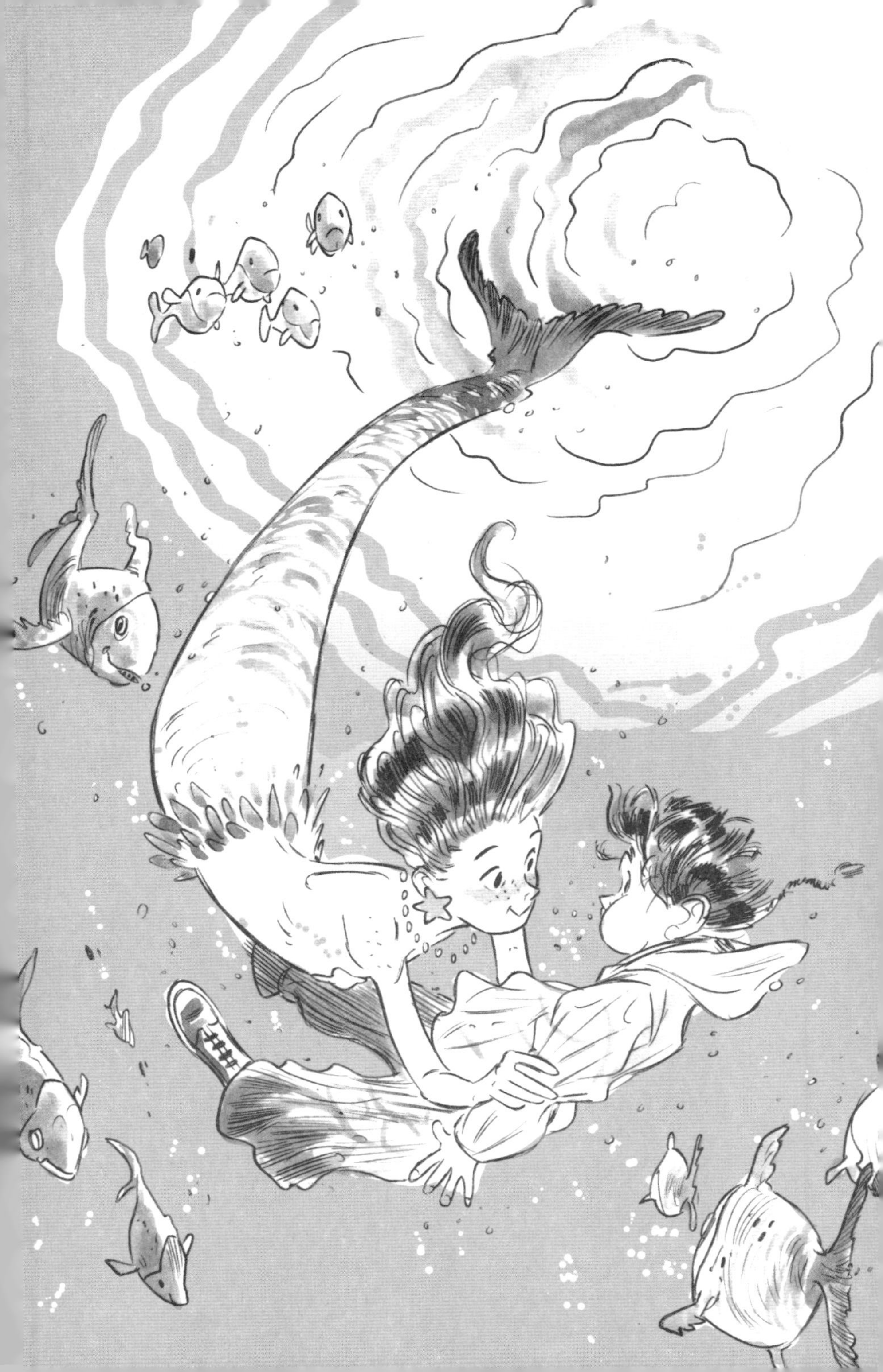

— Jan vai ficar bom logo — repetia, baixinho. — Leonardo aconselha Jan a não ter medo.

— Jan, você está acordado? – insistia Pedaço de Sabre.

— Pai... – sentia a língua como um pedaço de pernil salgado. Decerto tinha ficado inconsciente por muito tempo, porque a luz da manhã inundava a cabine. – Eu vi, pai.

— Já está respondendo! O que você viu, meu filho?

— Minha irmã... – todos fizeram um longo silêncio. – Quem somos nós, pai? Como posso ter uma irmã que...?

Pedaço de Sabre riu.

— Quem somos, Jan? Quem somos... – o pai olhou suas mãos, que seguravam a de Jan. – Somos o que somos a cada instante, meu pequeno. Somos os que perguntam quem somos. Somos os que pensam lembrar os instantes de ontem e os transformam numa história bonita. E amanhã seremos os sonhos de hoje... Não se preocupe com essas coisas, meu filho!

— Não entendo, pai. Mas ouça. Minha irmã...

— Eu sei. Foi ela que trouxe você para o barco.

— Então ela...

— Sim, filho, sim.

E Pedaço de Sabre colocou todos para fora do aposento. Exceto Leonardo, que sabia guardar bem os segredos. O pai contou-lhe que havia se casado com Amina, a sereia que nascera com o estranho dom de ter ao mesmo tempo rabo de peixe e pernas de mulher, conforme suas pernas se molhassem ou seu rabo secasse. É um dom que não se transmite de mãe para filha, e sim de avós para netas. Quando Amina engravidou, ela e Pedaço de Sabre ficaram preocupados em saber como nasceria o filhinho. Mas não foi um filhinho. Foram dois. Gêmeos. Um, Jan, nasceu com pernas e com os olhos escuros do pai. A outra, Janina, nasceu com o rabo de peixe e os olhos estrelados da mãe.

– Mas debaixo da água, pai, eu consegui...

– Sim, eu sei. Quando foi tocado por sua irmã você conseguiu respirar. É isso, não é? É o sangue, Jan! O sangue dos Plata que nos une e nos faz, juntos, diferentes dos outros. Quando sua mãe me dá a mão, eu também posso... Se bem que eu tenho que enfiar uns tampões de cera nos ouvidos, é claro, porque sempre acabo pegando uma otite... Acho que deve ser por causa dos guinchos das sereias dentro da água. Mas essa já é outra história!

– Eu tenho uma irmã... – repetiu Jan. E sorriu.

Em poucos dias, a vida lhe havia dado de presente um pai e uma irmã. E toda uma tripulação de amigos! Apertou a mãozinha de Leonardo. – Leo, não é genial?

– Leonardo entende Jan – barulho de correias. – Leonardo também está contente, agora tem um amigo.

– Essa noite vai nos dar o que falar – disse Pedaço de Sabre. – Sua mãe e eu devemos lhe pedir desculpas por não lhe termos contado antes...

– Não, pai, não. Sou feliz. Está tudo certo.

O pai suspirou, ficou em pé e soltou um grande bocejo, depois uma gargalhada.

– Pai. Eu a vi.

— Eu já sei, filho. A Janina...

— Não. A luz da noite.

— Você? — Pedaço de Sabre voltou a sentar. Não podia fechar a boca.

Conversaram durante um tempo interminável. Mandaram trazer o jantar à cabine. Enopiô esmerou-se muito. Fez todas as comidas preferidas de Jan, inclusive os refinados "Canelloni Enopionnatti" e os deliciosíssimos doces de creme e morango que ele chamava de "Enopões" ou "Enopette-crème".

Pedaço de Sabre perguntava-se se a luz da noite não teria ido atrás dele, e não do filho. Ou se era coisa do sangue dos Plata, ou do sabre de Serapião, ou de... O pai contava ao filho coisas que deveria ter dito havia muitos anos. Pela primeira vez lhe falou dos pais dele, avós de Jan: Joanic Plata, pirata, que nunca foi derrotado em batalha e que um dia, para salvar o *Estrela do Mar*, parou uma bala de canhão com um soco. E Anita Aguarón, pintora muda apaixonada pelo mar, que só pintava pores do sol com aquarelas de água salgada. Uma mulher que, quando ficou cega por causa de um raio que tentou pintar do mastro principal do *Estrela do Mar* numa noite de tempestade, recuperou a fala e foi mais feliz do que nunca: "Agora só vou pintar alvoradas!", disse. Na sua cegueira, lembrava-se de todos os crepúsculos que havia contemplado como se fossem auroras.

E lhe falou dos seus avós maternos, pais de Amina: da belíssima Irina Cal-lípiga, a avó, por cujo amor impossível haviam se suicidado três capitães de navio, oito contramestres, um cozinheiro, sete escritores e dezessete marinheiros. E do avô Apol-loni Sidônio Thálassa, conselheiro-chefe da Grande Concha e o barco salva-vidas mais veloz de todos os oceanos, o mais valente e o melhor, que havia salvado trezentos e sessenta barcos de pesca, quatro buques de guerra, trinta e seis navios mercantes e uma infinidade de baleias, golfinhos, bacalhaus... e, numa ocasião, até a própria Moby Dick.

Também lhe falou da âncora que tinham na sala de casa e da sua estranhíssima virtude...

Passaram-se as horas. Velas foram acesas. Uma nuvem pesada deixou cair uma chuvinha leve refrescante sobre o *Estrela do Mar*. Olhando pelas janelas de popa, Jan Plata via a água cair sobre a água. Como se tudo voltasse ao seu lugar, ao de recomeçar. E ele se sentia o centro do mundo. Até que a nuvem foi embora.

Aquela noite o céu apareceu sem nuvens. Havia tantas estrelas que era difícil localizar alguma constelação conhecida. O universo parecia recém-criado.

A mãe chegou pouco antes do jantar. Big Sam alçou-a com uma corda. Antes que pudesse enxugá-la, Jan já havia se lançado nos seus braços.

– Meu filho... Esperei tanto esse dia! Os quatro, todos juntos...

Big Sam deixou outro vulto do seu lado.

– Jan... – disse uma vozinha. Era sua irmã. – Senti tanto sua falta!

– Janina! – Jan engoliu um suspiro. – Eu também sentia falta de você. Sem saber! – e desatou a rir. O rabo de peixe dela, irisado de sete cores, tremia de emoção.

— Eu o observava quando você ficava na praia! Irmãozinho! – e a pequena sereia soltou uma risada leve como a espuma do mar.

— Era você que fazia aqueles esguichos?

E não pararam mais de falar. Eram tão parecidos em tudo! E, ao mesmo tempo, eram tão diferentes!

Antes de entrar na cabine (Pedaço de Sabre carregava a filha nos braços), Janina quis que Jan pusesse a cabeça pela borda.

— Tem uma moça que quer conhecê-lo... – disse, um pouco embaraçada; e suas bochechas ficaram vermelhinhas. – É a minha melhor amiga...

— Jan! – ouviu-se timidamente. E depois uma risadinha.

Cabelos cor de laranja fulguravam sobre a água. Debaixo deles, sorriam dois olhos azul-celestes e pequenos dentes branquíssimos!

— O nome dela é Rosmarina – disse a irmã. – Mas venha comigo! Rosmarina ia querer você só para ela! Você já vai ouvir falar dela... Mais do que imagina, irmãozinho!

E riu de novo como uma louquinha. A mãe riu junto, e no final os quatro riam sem parar, sem saber por quê. Porque estavam felizes.

A alegria que pairava na cabine fez com que aquela noite nem as velas tivessem maior brilho. Ela se espalhou por todo o barco, e os marinheiros perceberam o bom humor no ar que respiravam. Riam por qualquer coisa, pediram um bom jantar a Enopiô e de vez em quando mandavam o Oscar à cabine do capitão. Ele a atravessava rápido como uma ventania e depois voltava para lhes contar o que tinha visto.

Ottis, que era o encarregado de levar comida e um balde de água do mar a cada meia hora (para manter molhado o rabo de peixe de Janina), saía de lá com um olho de cada cor: o olho direito se alegrava pela família risonha que acabava de ver. O olho esquerdo, que tinha a doença do infinito, ansiava pelo dia em que ele também encontraria a metade que lhe faltava.

O mar brilhava como se fosse de prata. Três gaivotas passaram placidamente diante da lua. O mundo navegava em calma. Longe dali, havia barcos que se preparavam para combater, tempestades se formando, monstros incríveis, o professor Gaddali ou o capitão Siccomuoro Black. Mas aquela noite tudo isso existia bem longe do *Estrela do Mar*.

CAPÍTULO XII

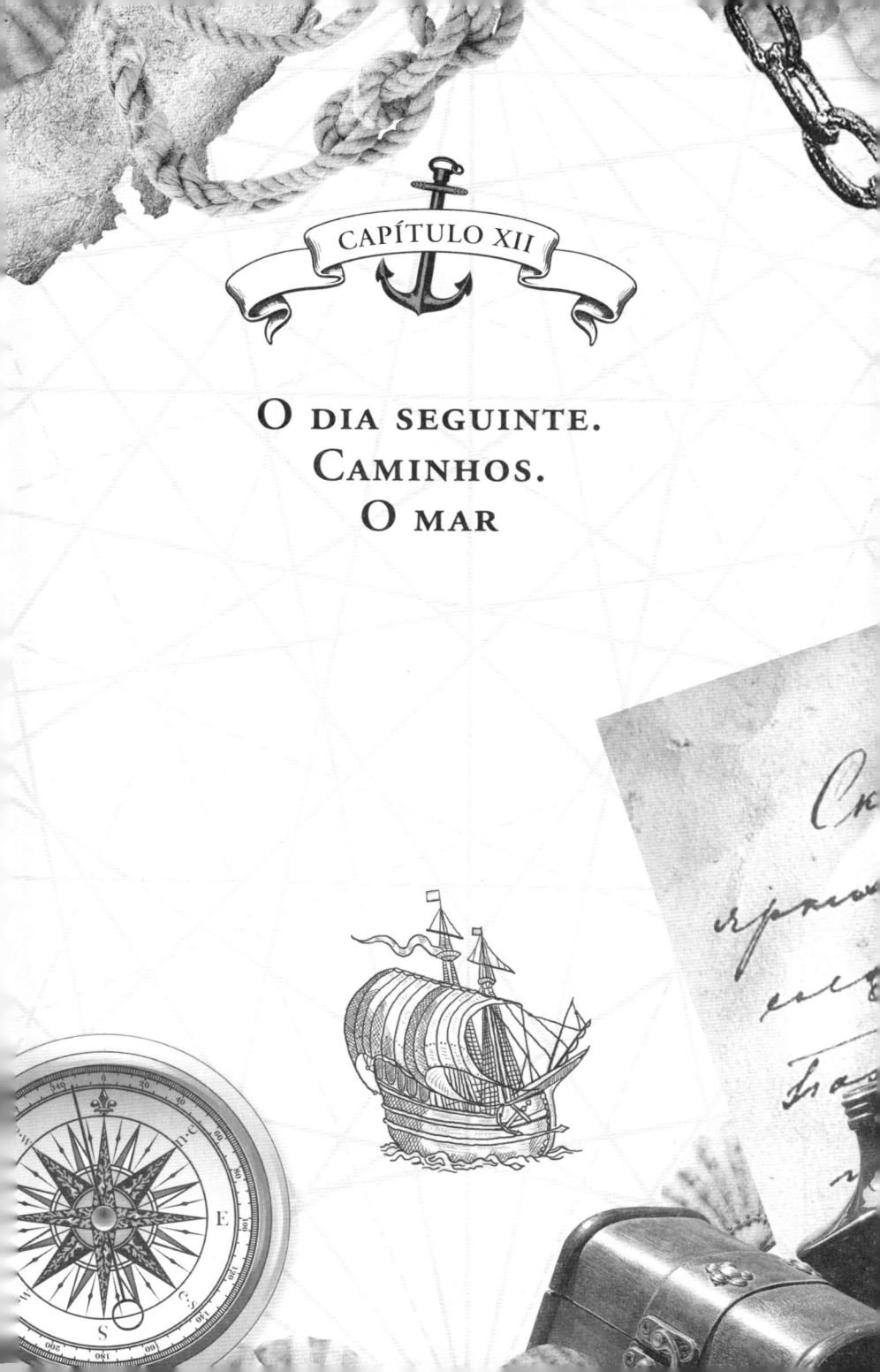

O dia seguinte.
Caminhos.
O mar

O jantar estendeu-se até de madrugada. As janelas de popa iam ficando pálidas. Logo se ouviria o arco de Atalanta, tensionando-se com um rangido, e depois o estalo do lançamento. Toda manhã a caçadora atirava uma flecha ao primeiro raio de sol.

— Sei que nunca vou chegar lá. Mas lanço a flecha como se fosse possível chegar. Quem sabe! – explicou um dia a Esylth, que não havia perguntado nada. Se tivesse perguntado, ela não teria respondido. Por isso se davam tão bem: um não perguntava e o outro não respondia. Pedaço de Sabre, com as bochechas vermelhas, deu um bocejo. Olhou os olhos de Amina, chegou perto dela e lhe deu um beijo. Amina cantou baixinho. Quando olharam os filhos, viram que os dois estavam dormindo, sentados de lado, a cabeça de um encostada na cabeça do outro.

— Veja só! – suspirou Amina. – Amanhã vão estar mortos de sono. Temos que descer logo. Quero que Jan descanse um pouco antes de ir para a escola.

Pedaço de Sabre protestou:

— Ah, será que ele precisa voltar para a escola hoje? O *Estrela do Mar* também é uma escola...

— Tst... – sorria Amina. – Não comece, desse jeito você acorda os dois.

— Ah, sim, desculpe...

O primeiro raio de sol iluminou a mesa. Uma taça de vinho brilhou como um diamante, e os reflexos tremularam no teto da cabine.

– Capitão! – o senhor Minos bateu à porta. – Faz tempo que estamos na enseada Plata. Precisaríamos partir logo, sinto muito...

Quando saíram ao convês, Jan e Janina já haviam se despedido. Ela saltou na água, Jan ajudou-a. Combinaram que naquela mesma noite iriam conversar, na praia.

Isop aproximou-se de Jan:

– No meu povoado as pessoas contavam uma fábula... Na vida, os deuses deixam você escolher entre dois caminhos. O primeiro é cheio de pedras e de altos e baixos, no início. Mas depois se aplana e se torna um caminho acolhedor e bonito. O segundo caminho é dos mais fáceis no início, mas depois fica pedregoso e difícil. Qual dos dois você acha que é o caminho da liberdade?

Jan não precisou pensar muito.

– O primeiro!

Isop coçou a barriga, esticou seu narigão e riu.

– Qual é esse seu povoado, Isop? – perguntou Jan.

O homem refletiu um instante. Passou os dedos pelos cabelos, que ficaram ainda mais desalinhados, como um tufo de algas desgrenhadas.

– Ah, meu povoado é... algum que tenha mar! A liberdade! – voltou a rir. – Espero você logo, garotinho!

Nestor e seu cachimbo azul também desceram do navio. Todos queriam se despedir de Jan, e todos pediam que voltasse logo. O senhor Minos Korzeniowski na verdade nomeou-o segundo oficial. Depois abraçou-o e deu-lhe um beijo na testa.

– Você me faz lembrar tanto a minha filhinha! – ele disse.

Ottis Sidaladis Sitto estendeu-lhe uma mão trêmula:

– Não gosto de despedidas – disse. – Sinto-me dividido.

Big Sam abraçou-o, levantou-o do chão, lançou-o tão alto que ele quase bateu na gávea, e então recolheu-o suavemente. Deixou-o no chão e esfregou os olhos, porque, segundo disse, tinha entrado um cisco.

Esylth deu-lhe de presente o punhal-esferográfica e o estilete para que ficasse escondido no tênis, para que andasse sempre armado. – Treine bastante! – ele disse.

Dédalus Vinividi deu-lhe de presente uma bússola que sempre apontava para o *Estrela do Mar*.

– Fiz para você...

– Não é perigoso? Se alguém a encontrar...

– Por isso quero que você a guarde, Jan Plata! – Dédalus alisou o bigode. – Você é um homem confiável!

Leonardo ofereceu-lhe uma pequena flor mecânica que havia construído: ela se abria só de madrugada e se fechava à noite. Sem corda! Dédalus olhava, orgulhoso do filho, e não conseguia acreditar: sem corda!

– Um dia, Leo, quero que você vá à minha casa. Vamos passar muito tempo juntos. Vou lhe mostrar tantas coisas! Não é, mãe?

Leonardo entortou a cabeça.

– Leonardo ri por dentro – disse bem baixinho.

Enopiô deu-lhe de presente a fórmula secreta do seu bolo de alga doce e um pote de atum em conserva que havia afundado com o *Titanic*; e Atalanta, um arco novo que ela ficara talhando durante uma semana inteira.

Oscar quis abraçá-lo, mas... Conformou-se em presentear-lhe um sorriso. O sol nascia pouco a pouco. Amina já descera para o bote, e o *Estrela do Mar* rangia como se reclamasse docemente. O violino do senhor Minos tocava uma antiga melodia melancólica. Pedaço de Sabre abraçou o filho.

– Pai...

– Logo virei buscá-lo. Isso se você não tocar o sino antes! Estou muito orgulhoso de você, filho...

Jan Plata desceu para o bote. Esperavam por ele sua cama, a escola, as conversas com o velho Nestor e a mãe, também com Janina e, quem sabe, com Rosmarina... Esperavam por ele os Llobet, Roseda, as caminhadas solitárias, a âncora da sala, e também Ariadna, que talvez já tivesse terminado de ler *A Ilha do Tesouro*. A luz da noite... o que era? Sorriu. Já estavam de volta as perguntas? Que nuvens mais bonitas cruzavam o céu...

O bote se aproximava da terra firme. Acima dele voavam três gaivotas xeretas. O mar luzia, e o povoado acordava. Um sino antigo brilhou sobre a casinha dos Plata. Jan trazia na mão a pequena flor mecânica de Leonardo...

E assim começam as aventuras de Jan Plata: o garoto que aprendeu que cada vez que o sol aparece o mundo se transforma numa nova maravilha, recém-acabada, como um pão tirado do forno.

⁂ **FIM** ⁂

Jordi Lafebre

Nasceu em Barcelona, em 1979. Autor de quadrinhos, ilustrador e *designer* gráfico, formou-se em Belas-Artes na Universidade de Barcelona e na Escola Joso. Em 2001, começou a publicar ilustrações e histórias em quadrinhos. Pouco depois, publicou a série *El mundo de Judy*, com roteiro de Toni Font. Depois de conhecer Zidrou, roteirista belga que vive na Espanha, começou a trabalhar para o mercado franco-belga, primeiro na prestigiosa revista *Spirou* e depois em diversas obras coletivas, com Zidrou atuando como roteirista. O primeiro trabalho longo com Zidrou foi *Lydie* (2010). Atualmente, também é professor de ilustração e *design* gráfico na Escola Joso.

Josep Lluís Badal

Nascido em Ripollet del Vallès, em 1966, vive há tempos em Terrassa, cidade próxima de Barcelona. Licenciado em Filologia Catalã. Dedicou-se a trabalhos muito diversos, e atualmente é professor de Língua e Literatura. Publicou textos de crítica e criação em revistas especializadas (*Els Marges*, *Reduccions*...) e é autor da edição crítica de *La novel·la històrica en la literatura catalana*, de M. Serrahima e A. Boada. Realizou uma curta aventura como editor e publicou dois volumes de narrativas (*La casa sense ombra* e *Mestres*), uma novela (*El duel*) e poesia: *O pedra*, *Cal·ligrafies* (obra gráfica e escrita) e *(blanc)*, *Samarcanda*. No que diz respeito à literatura infantil, apareceram até agora *El pirata Gorgo* (em catalão e castelhano) e *L'orquestra Ursina* (em catalão e castelhano).

Impressão e acabamento:

Orgrafic
Gráfica e Editora
tel.: 25226368